JN239527

もう一つの聖櫃伝

丹生の姫物語

A story of the Ark

丸谷いはほ

Maruya Ihaho

海風社

もう一つの聖櫃伝（せいひつでん）

丹生の姫物語

目次

EPISODE Ⅲ 額田稚姫

まえがき

文化は西から東へ伝わっていくのだろうか。それとも東から来て西に伝播していくものなのであろうか。中国の歴史から考察すると、古代文明が栄えた経緯を見れば、例えば西周の後に東周が興り、西漢の後に東漢が起つという風に、文明は西から東に移って行くようにも見受けられる。

一方、西洋でみると新約聖書のマタイ伝の記述に、東方から来た三博士のエピソードがある。これは東方から文明の使者が来たような記述にもとれるので、或いは先進文化は東から西に伝わってきたとも思わされる。

さて、この『もう一つの聖櫃伝』では、文化・文明は人々の移動とともにもたらされるものといったことを書いたものである。

例えば辰砂や鉄、銅の採鉱・精錬、養蚕や織物の技術のことなど、これらの技術は、その技術を持った人々と共に日本にもたらされたものであると言える。

また文化は、必ずしも時代が古ければ古いほど程度は低かったとは決めつけられない。現代では残っていないが、古い時代の方がより一層高度な技術があったかも知れないとも考えられるからである。

ここでは、採鉱や精錬に携わった丹生一族のルーツを、聖櫃伝説や徐福伝説に重ね合わせて書いてみた。

事実として紀伊半島には徐福渡来の痕跡があり、その子孫と考えられる人たちのルーツが、秦姓のままで残っている。

西吉野には唐櫃（聖櫃）を埋めたと口伝が残る、櫃ヶ岳と呼ばれている山がある。

また、この吉野地方一帯には古代の海の残照が濃密に残っているのである。例をあげれば、吉野三山の山頂には、延喜式神名帳に登録された由緒がある神社が二社あって、波比売神社、波宝神社と言い、いずれも海に所縁の「波」の字が入っている。

また同じく吉野の名神大社、大名持神社の神宮寺は大海寺であったというように、ここにも海の字が入っている。これらも海から来た人々の名残ではないだろうか。

このように我が日本列島には、多くの人たちが渡来して来た歴史がある。

シルクロードを経由して、はるか遠くの西域から渡り来た人たちの物語を楽しんでいただければ幸いに思う。

平成二九年十一月九日

丸谷いはほ

まえがき

EPISODE 1
アカリ姫

プロローグ

西暦紀元前五八七年、新バビロニア国王ネブカドネザル二世が、エルサレムに侵攻してソロモンの神殿を破壊した。その時、ソロモン王が神殿の奥の間に大切に保管した「聖櫃（アーク）」が、何者かによって盗まれた。それはアカシア材で作られた宝物箱とでもいうべきもので、その大きさは、長さ二半、奥行一半、高さ一半アンマ（一アンマは45センチ位）の寸法で仕上げられていた。その箱には持ち運びができるよう、下部に二本の棒竿を通し固定されていたという。

しかし、実はここで盗まれたものは偽物で、本物の聖櫃はすでに無くなっていた。

これより遡ること数百年、紀元前十世紀頃、エチオピアからシバの女王が、イスラエル王国の都エルサレムにソロモン王を訪ねてきたことがあった。ソロモン王はこの異国の女王を一目で気に入り帰国をおしとどめた。しばらくエルサレムに滞在した女王は、間もなく子を宿した。

ソロモン王の死後、シバの女王が生んだソロモン王の息子がエルサレムを訪ね、帰国の際に至聖所に安置されていた聖櫃をどこかへと持ち去った。それは、そのとき王国にソロモン王の血を引く正統な後継者がいなくなっていたため、ユダの大司祭がシバの息子に託したのであった。もちろん至聖所には、本物とそっくりの贋物の聖櫃を残しておいたのである。

時は移り、紀元前二百十二年の中国

ここ秦国の都・咸陽(かんよう)には各地から大勢の人たちが集まって来ていた。

戦国時代の覇者となった秦王瀛政(えいせい)が始皇帝を名乗り、その時から自分を埋葬するための巨大な陵墓の建設に着手していた。この労働にはほとんど刑徒があてられた。また同時に咸陽に阿房宮と呼ぶ壮大な宮殿の建設にも取りかかり、加えて北から侵攻する匈奴に対する防御として、長城の修築など巨大な工事を推し進めていた。これらの労働に駆り出されているのは大部分が農民である。その労働は過酷を極めていた。農民と言っても実際は奴隷そのもので、各地から強制動員されたものである。秦国は群県制を敷いているので、各地の群守県令に人数を割り当て徴発を命じたのであった。もちろん全てが農民ばかりではなく、各地での戦争で捕虜にした兵士を奴隷として使ってもいる。彼らは工事の最先端に派遣され、苛烈な労働作業に従事させられていた。

咸陽の中心街では農民の姿はほとんど見かけない。

夕方になると市街で遊興しているのは、上級官吏と一部の将士、御用商人の類だけであった。市街地には彼らの欲望を満たす施設がある。酒場や食堂、それに娼館である。

ほかには様々な雑貨・道具を扱う商店があった。鍛冶や石工、大工らの職人たちは道具を携えて工事現場に駆り出されている。

始皇帝は道教の信奉者でもあった。先年は泰山において三皇五帝の故事にちなむ「封禅の儀式」を挙行した。神仙思想に傾倒して各地から高名な方士を呼び寄せ、不老長寿の仙薬を求めた。その方士の一人が徐市（じょふつ）（徐福）であった。

徐市は、はるか東方海上のかなたに蓬莱、方丈、瀛洲（えいしゅう）という三つの神山があって、仙人が不老長寿の霊薬を作っていると始皇帝に説明し、ある時始皇帝を海岸に案内して蜃気楼を見せた。そして、あれが仙人の住まう神仙境です、私があそこへ行って仙薬を貰ってきましょうと言い、始皇帝の求める不老長寿の霊薬を手に入れるとして、以前に二度も東海の彼方へ航海に乗り出したことがあった。しかしいずれも失敗して舞い戻っていた。

一度目は大鮫に邪魔をされて命からがら逃げ帰ったと言った。

二度目は、大鮫を殺す為に強力な弓が必要だと要求して、弩（ど）の名手を連れて行った。そして様々な困難に遭いながらも遂に神山にたどり着き、仙人に会ったが贈物が足りないと言われ、仙薬は手に入らなかったと言い訳をした。何が足りなかったのかと始皇帝から尋ねられた徐市は、

「黄金の他、百工と童男女三千人、それに五穀の種が要ると言われました」と答えたのであった。

百工とは様々な技術を持った職人のことである。

「それで不老長寿の仙薬はもらえると言うのだな」

始皇帝は納得し、徐市がいう仙人の要求に従う約束をして三度目の航海を命じた。

●登場人物

アカリ（西域小国の王女）中国名［朱紅（しゅこう）］
サルト（西域の武人）中国名［胡傑（こけつ）］
スフラ（侍女）中国名［小蘭（しゃおらん）］
イブラ（長老）中国名［丹渓（たんけい）］
イカリ（犬戎の王子）中国名［葛洪（かつこう）］
ムーサ（咸陽の政商）中国名［呉徳（ごとく）］
徐市　（方士の徐福）
始皇帝（秦王瀛政）
陳長官（朝廷の官吏）
金治適（水夫長）

秦の都咸陽

風が舞った。街路に塵や埃が踊る。雑踏の街中には糞尿臭が風とともに漂っていた。馬や駱駝（らくだ）、驢馬（ろば）などの脱糞尿が路面に散らされているからである。

あわただしく人馬が行き交うその街中を、西域からの旅行者であろうか大通りを東に向う少人数の群れがあった。女らしき主人とその従者達らしい。らしいというのは、汚れた胡服に、顔も垢と埃で真っ黒になっていたからであり、また先を行く男が時々後をふり返り、気遣うようなしぐさから主従のように見えるのであった。

先頭は、逞しい赤毛の馬に乗っている精悍な面構えの男である。従者らの頭（かしら）であろう。その後を同じような馬に乗っている女主人は、頭から布をかぶり、顔はよく見えないがかなり若い。その主人に従うように、すぐ後で馬を歩ませているのもまだ若い女性のようだ。この馬はかなり小さいので騾馬（らば）である。その次には少し離れて、若い男たちが四人で一つの唐櫃のようなものを担いでいる。それには彼らの生活用具が入っているのであろう。野宿をする為の天幕などが入っているのかも知れない。それにしても汚れた粗末な木箱であった。長旅で疲れているのであろうか箱を担ぐ男達の足取りは重い。一番後ろで時々後方を振り返りながら用心深くついて行くのは駱駝に跨った男であった。動作やその姿から老人のように見受けられる。

　先頭の頭らしい男が女主人をふり返り見て言った。

「姫、やっと咸陽につきましたよ」

　姫と呼ばれた若い主人は、少し白い歯を見せてその男の顔を見た。その顔には、さて、これからどうしましょう？　というような表情があった。男が女主人の方に馬を寄せると、

「今日はどこかに宿を借りましょう、野宿ばかりで皆も疲れが溜まっています」

　男が言うと、若い女主人は笑顔を見せて頷いた。


　一行は都の中心部にほど近い住宅地に宿を求めた。

　始皇帝は各地から富豪を、強制的に咸陽に移住させていた。都作りの一環である。そうして移住させられてきた富豪屋敷の内の一軒に交渉して、宿として物置の一部を借りた。女性二人には小部屋を借りることができた。

　代金は黄金（きん）の小片で相当分を支払った。刀銭や四角い穴のあいた円銭が通用し始めていたので、それで支払おうとしたのだが、黄金で代価を求められたからである。一行は旅の

出立にあたり、道中の費用として黄金をできるだけ小片にして持参していたのである。

始皇帝は全国を統一してから、矢継ぎ早に様々な政策を実行していた。度量衡(どりょうこう)の制定、文字、貨幣の統一などである。道路建設も鋭意進められた。

咸陽の宮殿は渭水(いすい)の北岸にあったが、新宮殿となる阿房宮をこの渭水の南岸に造営中で、北岸から南岸へは石造の橋で繋ぐ計画である。各地を大道で結び、すべてこの咸陽の都に通じる道路網も計画通り進行中であった。

その日、一行は久しぶりに屋根の下で食事ができた。物置内にあった作業台を食卓代わりにして、姫を正面に精悍な頭の男が右に、左に老人が着座した。他には姫の侍女と従者の若者四人が揃って全員で八人になる。

「みんなご苦労でした。ここに少しばかりの葡萄酒があるので、まず乾杯しましょう」

一人ひとりの顔を見ながら姫が微笑んで言った。

それぞれの器に侍女が葡萄酒を注ぐと、皆で道中の無事を神に感謝して飲み干した。食事はナーンと干し肉、そして乾燥イチジクの実であった。

簡単な食事が終わると、

「今夜はゆっくりと休みましょう。明日からまた東に向って行きたいと思います」

姫が侍女と小部屋に引き上げると、頭が立ち上がって言った。

「そうだ、お前たちに咸陽の酒を飲ませてやろう。出かけよう、まだ寝るのは早い。飲んだ後でぐっすり眠ればよい」そう言ってから、すぐ気付いたように続けて言った。

「心配するな、姫から許しが出ている」頭は若者達を連れ、外へ出かけた。

まだ外は明るかった。一行は咸陽の市街地にある酒肆(しゅし)に入った。

店内は薄暗く油灯が点されていた。若い娘が近寄って来てそれぞれに陶器の酒杯を手渡し、別の女が抱えた壺から酒を注ぐ。

頭は五人分の代金を円銭で支払った。

灯りでよく見ると、酒は薄い緑色をしていた。馥郁(ふくいく)とした香りを放ち、口に含んでみるとコクのある旨さだった。頭はその酒をぐっと飲み込んだ。


その酒場で従者の一人が噂話を聞いて来た。それは、始皇帝が東の海へ仙薬を求めて航海をするという話だった。その酒場には朝廷の官吏や将士、それに商人らが多く遊びに来ていた。おそらくその役人筋からもれ伝わった話だろう。咸陽にはアラム語を話せる者が多くいた。西域から交易に来ている隊商たちは主にこの言葉を使う。酒場で「胡姫(こき)」と呼ばれ、客の相手をする娘たちや踊り子たちもこの言葉を話す。アラム語はシルクロードの共通語なのであった。酒場の女達は西域の出身者が多いが、彼女らはこの都のある秦国の言葉もいつの間にか話せるようになっていた。

従者から話を聞いた頭は、宿に帰るとすぐ姫に報告した。興味深い話だった。もし、うまくその船団に乗り込めるようなら願ってもない機会だと思ったからである。

「私は、その船に皆と一緒に乗って早く東の国に行きたい。あなたはどう思いますか」

姫は言った。

「姫、わたくしも今、それを考えていました」頭の男はすぐに頷いた。

「父王の遺言では、遺骨を担いで東へ東へと旅をし、海を越えさらに東へと行きなさい。東海の向こうには素晴らしい土地がある。その国は我らが元つ国とでもいう遠い先祖の祖国であると言っていました」

「姫、行きましょう。そのためにここまで来たのですから」

「では、すぐにこの話にあたってください」

とにかく二、三日逗留を延ばして調べてみようということになった。

翌早朝、頭は滞在を延ばしてもらえるように交渉するため、屋敷の主人に会いに行った。

出てきた屋敷の主は、色が浅黒く目の大きい小太りの男で、一目で西域の出であることが知れた。

頭は、はっきりと自分の名を名乗った。

「私はサルトと申す者です。アカリと申します女主人と、その従者ら八人で東に向かう旅の途中です」

「私は交易を仕事としているムーサです。この国では呉徳と名乗っています」

相手も正しく名乗ってくれたようであった。

サルトは、もうしばらくこの屋敷にとどまらせて頂けないだろうかと率直に頼み込んだ。大商人らしい屋敷の主は五十年配で、気さくな人物らしく、気のすむまで居れば良いと了解してくれたが、代金は前払いしろという。サルトは三日分をまとめて支払った。

「ところで、逗留を延ばしたいというのはどうしてですか。昨日は一晩だけと言っておられたようだが？」

呉徳が尋ねた。

「はい確かに昨日はそのようにお願いしてお世話になったのですが、朝廷で今、人集めをしているという耳寄りな話を聞いたので、調べてみようと思ったからです」

「そうですか。私は仕事の関わりで政庁に出入りしているので、知っていることがあるかもしれないですよ」

呉徳はサルトに好意をもったのか笑顔だった。

「実はお尋ねしたいことがございます。昨晩、酒場で耳にしたのですが、皇帝が東海に仙薬探しの旅に出られるとのこと。それでその乗組員をもとめていると聞いたのですが本当でしょうか」

「その話は本当ですよ、それは私も知っている。しかし、航海に乗り出すのは徐市(じょふつ)という方士[1]だ。徐福と名乗ることもあるなかなかの人物なのだが、二度も失敗をしているので、次も失敗すると命が危ないといわれている」

商人の呉徳は、応募するのはやめた方が良いのではないかと忠告しながらも、政庁へ行けば分かると教えてくれた。また親切にも、正門で衛兵に咎められたら、私の名前を出すと良い、きっと入れてくれますよとまで言った。

サルトは、このことをアカリ姫に報告した。

「それではサルト、ご苦労ですがイブラと一緒に政庁に行って詳しく聞いてきてくれますか」

サルトはアカリ姫の言葉に従い、長老のイブラと共に、政庁へと向かった。もちろん新宮殿となる阿房宮は工事中なので、渭水北岸にある旧宮殿咸陽宮（かんようきゅう）の方である。城門入り口で呉徳の紹介だと言うと、すぐ中へ通してくれた。政庁は城門を入ってすぐのところにあった。

庁舎正面には、三神山探査船乗組員の応募の要件が、木板に書き出されてあった。小篆（しょうてん）(2)である。イブラはこの国の文字も分かる。

「令名男子若振女百工求之」とあり、その詳細が書かれていた。

詳細をみると、成人に満たない良家(3)の男女三千人と様々な技術を持った職人を多数求めているというものであった。

掲出されている内容を、イブラから聞いてサルトは考えた。

（我ら一行八人全員が行けるだろうか。〝技に巧みな工人と童男女〟だと？……ふーむ、まず姫だが、姫は敷物や衣服の意匠が考案できる。俺は武人として船団護衛の責任者にはなれないだろうか。姫の侍女は織物や養蚕の知識がある。若者四人はそれぞれ士族の子弟であったので武術や弓矢の心得くらいはある。これらの若者は問題あるまい。いずれも成人になってはいないし、健康な少年たちだ。もし、問題になるとすれば、良家の子女であるとする証明ができるかどうかだな。しかし、それも心配はいらないだろう。祖国では彼らの誰もが事実良家の子女であったことだし、少し話せば分かってもらえるだろう。担当官吏からみて、彼らより俺の方が受かることが難しいかも知れないな。そうだ、それよりもイブラ長老の方が問題だ。なにしろ年を召している）

サルトはいろいろ考えたが、当ってみるしかあるまいと思いながら担当官吏室(かんり)へ入っていった。

入口では腰に手挟んできた剣を預けさせられた。担当官吏に名を名乗り、航海の乗組員になりたい旨を伝えた。サルトは秦の言葉はまだ不自由なのでアラム語を交えて話した。官吏はアラム語も堪能だった。何処でこの募集を知ったのかと尋ねられ、商人の呉徳に聞いたと言った。官吏は彼を知っていた。呉徳は信用があるようだった。話は意外に早く進み、十日後、徐市船団長が来ることになっているので、他の者も連れて一緒に来いという。その時に適材か吟味しようというのであった。

「ただし……」

と官吏は言った。

「応募は秦国人に限る。全員この国の名を付けて来い」と言葉を付け足した。

二人は宿に戻るとアカリに報告した。そして皆を集めて、それぞれに秦国風の名を付けた。そして、これからはこの国でいる間中、必ず決めたその名で呼び合おうと決め、その日から実行した。

はじめのうちは、新しい呼び名に戸惑いもあったが、呼び合っているうちに慣れた。綽名(あだな)である。愛称と思えばよかった。

十日後、八人全員で政庁に行った。一見して乗組員になることが希望らしい応募の人々がいたが想像していたほど多いわけではなかった。集まってきている人達の話では、未成年の童男童女はすでに集めてしまっているらしいという。始皇帝は郡・県の令史(4)に命じて半ば強制的に人数を割り当てて、良家から子女を動員させたようである。

(次の航海もきっと失敗するに違いない)というのがもっぱらの噂だった。前二回の航海もそのすべてが失敗で、命からがら逃げ帰ったのは徐市のほか僅かの人間だけだったという。天は嵐を呼び、海中には大鮫がいて今度は全員生きては帰れないだろう。もし運良く生きて帰ってきても失敗の責任で殺される。巷間このように噂されており、技工たちも敬遠して指名されないように願っているという。そのような訳なので自分のほうから志願するのは少ないのだろうと想像できた。しかし、少年達の中には進んで志願してきた者も少なからずいたという。

ほどなく順番が回ってきた。

正面奥に年配のふくよかな男が胡牀(こしょう)に着座していた。手前には先日会った担当官吏がいた。他には事務役人と衛兵が二人である。事務役人が名を名乗れという。

「私は胡傑(こけつ)と申します。左にいますは手前どもの主人・朱紅(しゅこう)、その横は侍女の小蘭(しゃおらん)、次にいますのは執事をしていますす丹渓(たんけい)と申す者。あとは従者の若者四人でございます」

胡傑は自分で名乗り、そして同行者を紹介した。政庁の担当官吏は一人ひとりに質問をした。年齢は？　何処から来たか？　どのような仕事ができるか？　質問はこの三点だけである。他のことは何一つ質問されなかった。担当官吏には彼等がこの国の人間でないことは、たどたどしい言葉やその風体からもとより知れている。

何故応募したのかというようなことなども一切聞かれなかった。その質問三点だけで、その受け答えや所作から人物を判断し、合否を決めているようだった。おそらく一方的に配置や仕事を決めるつもりだろう。胡傑は朱紅と相談して、予め質問を想定し、その受け答えを若者達に教えていたのだが、その必要はなかった。

合否の決定にさほど時間はかからなかった。若者四人と侍女はすんなりと合格だった。

誰もが特別な技術は持っていなかったが、なにしろ皆若かったし、質問に対する受け答えや、立ち居振る舞いからまずは良家の育ちであろうと判断されたからである。

担当官吏は聞こえるように独り言を言った。

「十五歳以下位が望ましいのだが、ま、いいとするか、それぞれ健康そうだし、皆いい若者達だ」

朱紅の場合は二十歳を過ぎていたので年齢に問題があったが、絨毯や衣服の意匠考案能力が認められ合格となった。

若者達は合格だったが、やはり危惧していた通り、問題は胡傑と丹渓にあった。胡傑は、技術者としての能力は持ち合わせていなかったが、有能な武人だった。

「胡傑とか申したな。先ほど西域から来たと言ったが、西戎(せいじゅう)の国で武官でもしていたのではないか？ どうだ、図星だろう」

胡傑はこれには肯定も否定もしない。官吏は胡傑をねめつけるように見た。

「強そうな男だな、お前は船に乗らなくて良い。体つきが気に入った。我が軍の将士として採用しよう」

官吏は一方的に申しつけた。彼らは西域の国々をおしなべて見下しては「西戎」と言うのであった。しかし、実際は秦国も西域から勃興してきた国である。

「長官殿、私もどうか船に乗せてください。船にも武人は要るのではないでしょうか。私は弓も使えます」官位や官名が分からないので胡傑は相手を長官と呼んだ。

「だめだ。射手はすでに充足している。それにお前は軍隊の指揮官をさせた方が良いとみた」今まで一言も発せず黙って聞いていた奥の年配の男がそこで言葉をはさんだ。

「陳長官、いいではないですか。乗組員で応募してきた男でしょう。船の護衛として雇っておいてくれないか」

「いや、この男は我が軍に欲しい、こればかりは徐市船団長のお言葉でもだめです。皇帝陛下からいい武人がいれば優先して我が軍に入れよ、と仰せつかっています」

「私の方から陛下に直接お願いするので、決定を保留してください」

長官はいまいましい奴、と言わんばかりの表情を一瞬浮かべたが仕方なしに了解した。しかしその顔つきは（たかが一介の方士風情が生意気な）と言っているようであった。次は丹渓が吟味される番だった。皆と同じように、年齢はと聞かれて、「六十になったばかりでございます」と答えると、

「お前もだめだ。実際は六十半ばだろう。船には乗せられない」と長官は言って、

「何か特別な技術でもないことには、の?」と続けた。

「長官様、私には暦(れき)の知識があります。星を観て暦(こよみ)が読めます。また、水先案内の経験はありませんが、夜も昼も方位が分かります」

「すでにその職は揃っている。お前も船には乗せられん」

「しばし待たれよ!」

奥に着座の徐市が大声を出した。

「長官殿、その老人は必要だ。採用しなさい」と続けた。

今度は後には引かないような口調だった。長官は、むっとした表情で徐市の方に向き直った。

「長官、私は皇帝からこの航海に関しては全権委任されている。つまり採用権もあるということだ。あなたが反対することはなかろう」

徐市は毅然と言い放った。長官は不満そうな表情をしたが、言われてみれば徐市は総船団長である。遠征将軍のようなものだ。引き下がるしかなかった。

その日も応募者は多くはなかった。秦国は今、国つくりの真最中で殆んどの人々が動員され、食糧生産にも支障をきたすような有様だったから無理もない。乗組員はなかなか集まらなかったが、実は徐市はそれで良かった。応募人員が少なければ自分の一族の採用を増やすことができる。しかし自分に繋がる者が多すぎると不審に思われるので、適当に他の氏族も入れておく必要があった。このことが胡傑一行に幸いしたのである。

乗組員の募集を始めてから、それでもひと月で必要な人員が集まった。ほとんど死ににに行くようなものだと敬遠するものが多い一方で、この秦国の様に、非情で過酷な税を取り立てる暴君が治める国に居るより、いっそ殺されてもいいから他国に逃れたほうが良いと考える者らも存在したからである。

出航前夜

出発まで一年の期間があった。外洋航海用の大型船の建造に時間がかかるからである。又これだけの大船団を整えるには様々な準備が必要だった。

今回の船団は、一船団あたり八隻で第一から第八船団まであり、全部で六十四隻もの船数となる。一隻当り約五十人乗り込むので総人員は三千二百人にもなる。軍用船なら大型だと一隻当り百人以上も搭乗させるのだが、今回のような遠洋航海では食料や様々な資材を積んでいくので軍用船に比べると、乗船できる人員は少ない。それに最低限の武器も必要だった。また、この航海で問題なのは一年ある準備期間中に、少年達に船乗りとして役立つよう充分な訓練をしなければならないことであった。それに、大事なのはこの少年達にそれぞれ様々な工人としての基礎的な技術も修得させておく必要もあった。すべての船を無事目的地に到着させるというのは不可能に近いからである。

　少女達にも様々な技術修得の訓練を強いた。秦国は国中いたるところで土木建築工事がなされていた。想像を絶する大きさの新宮殿阿房宮、驪山（りざん）に建設中の始皇帝陵など、その建設に伴う家具や織物・布製品、金属製品、石材・陶磁器等々、様々な製品を作る技工職人が必要だったのである。多くの製品作りに手伝いとして従事させ、実地に技術を修得させた。始皇帝陵に陪葬する陶俑（とうよう）作りまでさせるなど、技術を覚えさせる仕事はいくらでもあった。

　一方、胡傑（こけつ）は三カ月後軍隊の方にまわされた。さし当たっての職務は兵役に徴発された兵員の訓練教官だった。保留されていた胡傑の人事の件は、徐市（じょふつ）が直接皇帝に願い出て航海船団の乗組員にしてもらえるよう依願したのだが、朝廷軍の方が優先されるとして却下されていた。それで胡傑は長官に見込まれたとおり軍人として採用され、いずれ一つの軍団を任される将の一人としての道を歩み始めていたのである。

　秦国はいたるところで戦争をし、版図を拡大してきたので兵力を維持するのが大変だった。兵の消耗も激しく、絶えず補充しなければならなかった。そのため兵員の訓練・増強は国の最も大事な柱だった。しかしここに国としての矛盾があった。

　極限ともいえる過酷な税を取り立てながら、一方で生産に必要な労働力を奪っていた。それは、全国の郡司・県令に命じて青壮年の男子を兵役や労働に徴発したため、著しく生産に従事する人員が不足していたからである。税を納めるどころか人民は彼ら自身が生きていくことだけでも精一杯の状況だったのである。違背すると極刑をもって処断された。始皇帝が治める秦国は、特に刑罰を強化して国を治める法家主義国家だったのである。

　農家では中心になる働き手が否応なしに兵役に引っ立てられた。幼子（おさなご）がいてもお構いなしだった。残された老人と、兵隊にとられた男の妻が農作業に従事することになる。それでも穀物など食料が残されている場合はまだ良かった。ひどい場合は作付け用の種籾まで収奪されることもあった。これでは農民は生きては行けない。

もちろん農民だけではなかった。漁労民も働き手を取られれば今まで通りの生活はできなくなる。いたるところで人民は悲鳴を上げ、国中に怨嗟の声が高まっていた。このような国は滅びればよい。その国の人民が、自国が滅びることを待望するような空気に充ち満ちていたのであった。

特に長城修増築の土木工事現場は目を覆うほどの惨状だった。食料も満足に与えられず、大人数が粗末な小屋に雑魚寝させられ、睡眠もままならなかった。そのような状況下で過酷な労働を強いられ、人民は痩せ細り、病気になり、次々と死んでいった。死んだ者は谷底に投げ捨てられ、辺り一面に腐臭が漂っていたのである。

頑健な体を持ち、運良く労役を終えても故郷へ帰る道は遠かった。帰りの食料も与えられることはなく、すべて自前で調達しなければならなかった。故郷に連絡するすべもなく、また連絡に応えられる状況にもなかった。帰り道、食料にありつけなかった多くの帰還者は無念にも道中で行き倒れた。

そのような状況では、東海への航海乗組員に選出されて訓練を受けている方がはるかに良かったといえる。後のことはともかく、訓練中は食物の心配はなかったからである。

いろいろなところで、選ばれた少年少女たちは訓練されていた。少年は、いざ船に搭乗するとその日から船乗りとして動けなければならなかった。各々の船に本職の船乗りは少人数しかいないからである。それで少年らは、まず船員としての最低の作業はできるように訓練される必要があった。そのほか職人としての手ほどきも搭乗予定の職人から基礎的な技術を習うことになっていた。

少女たちは織物やその縫製、装飾品加工などの手作業をおのおの手分けして手伝えるよう練習させられた。

さて、乗組員から外され軍隊に入れられた胡傑はその頃はどうしていたのだろう。

彼は渭水(いすい)北岸の城壁内の広場で、新入兵士の訓練をしていた。乗馬や騎射、剣や矛、盾の使い方などである。一対一の戦闘訓練までした。新入といっても若者も年配者もいる。寄せ集めだからである。なかにはどう訓練しても身体の動きが悪く、臆病な者がいて兵士には不向きな者もいた。そういう者は労働に回すしかなかった。工事現場で土を突き固める版築(はんちく)の作業など単調な仕事をやらせる。胡傑はその見極めもしていて、兵士にするのを見切った連中を気の毒にも思ったが、人によってはその方が長生きできる場合もある。

訓練をほどこしている新入兵士のなかに、目立って成績の良い若者がいた。胡傑はその若者に目をつけた。

兵士としての訓練を続けるうち、その若者と話す機会ができた。名は葛洪（かっこう）といい、西戎（せいじゅう）から来たのだという。この若者は弓が特に上手だった。それも騎射が巧みなのである。

射程距離が長く殺傷力が強い弩（ど）[5]は、強力だが騎乗しては使えない。その頃まで中国では戦争において将官は歩兵を従えて戦車に乗って戦っていたが、始皇帝は騎馬部隊を主力にした戦法に切り替えてきていた。

騎馬軍団は、剣よりも主に槍や矛（ほこ）[6]で戦うが、敵軍と遭遇していわゆる干戈（かんか）を交えるまでは、先に弩を射かける。この弩という弓の一種は跪射（きしゃ）する。強力で十分な殺傷力があるが、敵と距離が間近になれば、騎乗発射できる小形の弓の方が有利なのである。この矢だけでは致命傷までには至らせ得ないが、戦闘能力は奪える。騎射には素早く正確に射る能力が求められる。一の矢を放ち二の矢、三の矢が次から次へと速く射れる方が良いことはいうまでもない。この葛洪という若者は特にその能力が優れているのである。馬上から次から次へと正確に矢を射ることができる技術は他に抜きん出たものがあった。騎馬兵として抜群だといえる。騎射に関しては教えることは何もなかった。胡傑は、弓に限らずすべての能力に勝っているこの若者を、いつか自分らの仲間に加えたいものだと思っていた。朱紅（しゅこう）

や仲間と共に東へ旅を続けることをあきらめていなかったからである。

いつか機会を見つけて、この軍隊から脱走しようと決めていた。


またたく間に時が過ぎ、出航がひと月後に迫っていた。

朱紅は、意匠技工者として航海乗組員になってから、新宮殿阿房宮の内装調度品の製作に携わっていた。朱紅に限らず、技術を持った百工たちは、その持てる技巧を少年達に教えながら阿房宮や驪山陵の調度品を製作していたのだった。生産を伴った実地訓練である。教える側は、製品作りはせかされ、技術は教えなければならないはずで、それは大変だった。出航までの時間は限られているからである。

前例のないほど巨大な陵墓に陪葬する製品の製造も大変だった。もっともこれらすべては、別に多数の工人がその製作に従事していたが、航海乗組員も出発までの間は技術を習得する意味もかねて手伝わなければならなかった。

兵馬の陶俑も大変な手数がかかった。中堅兵以上は、自分とそっくりの兵俑(へいよう)を作って納めさせられた。それは始皇帝が死んだあかつきに殉死者の代わりに陵へ埋納される代品であった。これはいい加減な作品ではならず、忠実に本人に似せて製作しなければならなかった。たいていは本人の家族が丹精込めて作る。事情で家族が作れなければ、陶工に依頼しても必ず作成して納めなければならなかったのである。この陶製人形は正確に作らなければならなかったので、作成期間中七日間は同居することが許された。その後兵役につくのでそれが最後の別れになることも多かったからである。妻帯者の武人は、その妻が泣きながら等身大の像を作った。独身者らは大抵は姉や妹、母親などの家族が涙にくれて作るのだった。当然ながら胡傑の陶俑も製作するように求められた。家族がいないので誰かが作らなければならない。胡傑が徴兵されていたので朱紅は丹渓(たんけい)に相談した。

「それは是非とも姫が作って差し上げてください」と丹渓はいう。

それで朱紅は役人に、自分が作って納めると申し出たのである。

航海船の搭乗者は、咸陽宮城壁内で集団訓練を受けていたのだが、陶俑の製作にあたり、朱紅は、役人に許可を受けると商人の呉徳(ごとく)から以前借りたことのある小部屋を借りて作業を始めようとした。朱紅が主に作るのは頭部の形成で、あとは咸陽宮内の工房へ行き、そこで予め様々に作られている胴体・手足から適当なものを選び、持ち帰って粘土で接合する。そして細部を形成して仕上げる。次に焼成・着色し、必要に応じ武器をつければ完成である。

朱紅は胡傑の陶俑を作り始めた。頭部を作るには特に時間がかかる。本人にそっくりでなければならないため顔は特に入念に形成する。髪型も同様である。そのため本人に来てもらうのである。

胡傑は許可を得ると咸陽の軍営を出て、朱紅がいる呉徳の倉庫に来た。

「姫、ひさしぶりです」

胡傑は入り口から大声をあげ大手を広げた。朱紅はその懐に飛び込んだ。

「ああ！胡傑、会いたかった」

この名の方が気恥ずかしくなくて呼びやすかった。もう半年も会っていなかったのである。胡傑は逞しい腕で朱紅を抱きしめた。しばらく二人は感触を楽しむかのようにしていたが、胡傑からはっと気づいたように離れた。朱紅は久しぶりに会った嬉しさに、もう少しの間抱きしめていてもらいたかった。

今までそのように親しかった訳ではなかった。祖国では朱紅は王女であり、胡傑は一将士に過ぎなかった。すでに滅びてしまった故国で、胡傑の父は朱紅の父王に仕えた将軍だった。隣国との戦争で将軍は死に、敗走した王はその途上敵兵の矢を受けた傷が元で数年後亡くなった。

男子のいない国王は生前、胡傑に期待し、将軍にして国を復興しようと考えていた。王女であった朱紅は、少女の頃から胡傑を兄のように慕っていた。父王が亡くなったあと特に頼りにするようになり、一緒に旅をするようになって、相手を男性として意識するようになっていたのかも知れなかった。


陶俑作りのはじめは、工房から持ってきた頭部の型に粘土を押しつけて成形してゆくのである。朱紅は胡傑の貌に近い基本の型を選んできていた。あらかた粘土をくっつけながら形を整えると、次からは目の前にいる当人の顔立ちに似せて作り込んでゆく。顔を仕上げている間は、胡傑は手伝えない。あっという間に一日は過ぎた。食事は呉徳の使用人らと一緒にとらせてもらった。夜はもちろん寝床は別である。朱紅は倉庫内の小部屋に、胡傑は倉庫の片隅で寝た。

次の日も作業を続けた。頭部があらかたできあがると胴体、四肢との接合である。これも工房で選んだものを運び込んでいるのでそれを使う。頭部も胴体四肢も中空である。細部の仕上げはされていないので、これも粘土をつけて小刀で削りながら成形してゆくのである。仕上げ段階に何日もの時間がかかった。できるだけ本人に生き写しに仕上げなければならなかったからである。なかでも顔を写すことに細心の注意を要した。慎重に少しずつ削り込んでゆく。髪型やその仕上げも本人とそっくりにするのである。髪は束ねて頭頂部右上に巻き上げて紐止めした髪型だ。櫛目を入れると髪の毛そのままの感じになる。ためつすがめつ本人を見ながら朱紅は俑を仕上げていった。胴体部分には衣服と鎧を着けた仕上げを施す。着色は焼成のあとでするが、本物と寸分違わないように造形はしておかなければならない。丁寧に作業を進めていくので想像以上に時間がかかった。もっとも朱紅には造形の芸術的才能があったから、妥協ができず普通以上に時間がかかったのかも知れなかった。

許されている同居期間が最後となった夕方、俑の形成はできた。あとは官の工房に持ち込めば焼成してくれる。その後に着色して完成の予定となる。朱紅は焼成を見計らって工房に出向き、陶工には任せないで自らの手で彩色をするつもりだった。

朱紅は、自分ながら見事にできたと思った。本当に胡傑に生き写しだと思う。胡傑も素晴らしい出来だと賞賛した。

でも、と朱紅は思った。この仕事が終わると明日から胡傑と会えなくなる。今日が今生の分かれ目になるかも知れない、と不安感がつのってくる。思いどおりの俑が完成したという喜びの反面、ずっとこの作業が続けば良いのになどとも思う。

いつもと同じように食堂で呉徳の使用人らと共に夕食をとった。その後、朱紅は代価を払って葡萄酒を一瓶もらい、胡傑と倉庫に戻った。そして朱紅がつかっている小部屋に入り、粗末な敷物の上に座した。出してきた小さな器に葡萄酒を満たすと、

「胡傑に神のご加護がありますよう」

朱紅が言った。

「姫に神のお導きがありますように」

胡傑が返して言った。

二人は一息に飲み干すと、目を見つめ合って微笑んだ。胡傑は二杯目をそれぞれの器に注いだ。小袋から出した干肉の小片を口に運びながら二人は飲んだ。朱紅がまだ少女だったときのこと、王や将軍が元気だった頃の話をした。戦争になるまではとても豊かで幸せな国だった。そこへ隣国が豊かな農産物を狙って攻め込んできたのだ。圧倒的な軍事力の差で祖国はもろくも敗れた。胡傑の父が率いる国軍は全滅したのである。

「胡傑、今夜が最後かもしれませんね。もう会えなくなるかと思うと、せつなくて……」

朱紅は続けた。

「姫、そんなことはありません。必ずまた会えます」

胡傑はかぶりを振る。

朱紅は胡傑をじっと見つめた。黒い大きな瞳にたちまち涙があふれ、頬を伝った。

「でも胡傑、あなたはいずれ戦地へやられて死んでしまうかも知れません。そんなあなたを残して私は東海に船出するのですよ。頼りにしていたあなたがいないと私は不安でなりません。本当は……。本当に私は、胡傑と一緒でなければ船に乗りたくありません」

「姫、何を言い出すのです。東への旅は王の遺言ですよ。姫は我ら祖国の希望なのです」

その姫がしっかりしてくれなくては、と胡傑は朱紅の手を握り、引き寄せると諭すようにがっちりとした両腕で抱きしめた。

「ああ、胡傑。胡傑……、私は別れるのがいや」

朱紅が上気した頬を寄せてきた。

そのまま二人は後ろへ倒れ込んだ。朱紅は無言だった。胡傑はたじろいだ。ふと自分を失いそうに思えたからである。意外な肉感があった。黒髪から薫風が起(た)った。さわやかな果物の香りが女体から臭い立ち、長い間忘れていた胡傑の男性を思い出させた。

それからの二人に言葉は無用だった。

吐息とため息と、狂おしいまでの息づかいが小部屋に響いた。

女は、女で生まれてきて良かったと思った。

男は、改めて自分が男だったと思った。

男は自分の強さに自信を深めた。

女は相手を愛していたことに気づいて、ふと不安を持った。

開(あ)けはなった小部屋の手前の土間で、窯(かま)に入れられる前の黄土色の陶俑が二人をじっと見つめていた。

何度も愛し合った夜が明けた。別れの朝だった。

「胡傑、愛しているわ。死なないで」

「死にませんよ。必ず後を追って会いに行きます」

軍隊を脱走して、どこまでも姫のいる航海仲間を追っていく。たぶん出航は烏江辺りからだろうがそれまでに追いつく。もしそれまでに追いつけなければ別に船を手当てしてでも、海路で東へ向かいきっと合流する。というように胡傑は決意を話した。

「絶対に追いつく。約束します」

胡傑は誓った。

「きっとよ。絶対よ、胡傑。いつまでも待っているわ！」

胡傑は朱紅の肩を抱き寄せた。二人が外に出てくると、呉徳の波斯（ペルシャ）邸がある住宅街には精霊のような白い柳絮（りゅうじょ）が乱舞していた。

朱紅は愛してしまった男が見えなくなるまで見送った。

旅立ち ― 仙薬を求めて ―

出航の期日が間近に迫ってきた。徐市（じょふつ）は航海の相談相手として、商人の呉徳（ごとく）を選んでいた。呉徳は交易商人なので多くの国々を回っている。それだけに経験が豊富で各国の地理や海路の状況に詳しい。

徐市には最終的な秘匿していた考えがあった。いっそそれを呉徳に打ち明けて協力してもらおうかとも思った。

どこの海岸から出港してどの海の、どのような航路を通って東の果てにある扶桑国に行けばよいか知りたかった。どの航路をとれば安全に目的地へ到着できるかが問題なのである。全員はむりにせよ、できるだけ多くの人員を無事に運びたかった。もとより仙薬を持って帰国する気などなかったのである。

徐市は今までの航海である程度のことは分かっていたが、なお経験の長い呉徳から情報を入れようとした。航海は、ほぼ前回と同じ航路をとるつもりだったが、出港地はもっと南の方が良いと思っていた。それは海流が利用しやすいからである。その確認がしたかった。実は他にも大切な要件があった。それは鉄器のことである。秦国の武器はそのほとんどが未だ青銅で作られていた。矛だけが鉄製だっただけである。徐市は鉄の威力を聞いていた。欲しいのは鉄精錬の技術である。それで農具を作りたかった。未開の土地の開墾にはどうしても鉄製の農具がいると思った。百工というほど多くの職種の工人を連れて行くが、採鉱・精錬の技術者がすくなかった。特に必要なのは鉄と丹砂に係わる技師だった。

始皇帝からは不老長寿の仙薬を持ち帰るように言われているが、徐市は戻るつもりなど毛頭なかったのである。呉徳は秦国の御用商人としてよく朝廷に出入りしているが、いっそ呉徳にこの秘密を打ち明けて仲間になってもらおうか、などと考えたりする。

徐市は思う。この国、秦は長くは続くまい。ここ数年で崩壊するだろう。始皇帝はあまりにも過酷な税や徭役を課し過ぎる。それに従わないと残酷な刑罰で処断するのである。民は疲弊し怨嗟の声が国中に満ちているではないか。きっと誰かが始皇帝打倒を掲げて旗をあげるだろう。天意も今やもう始皇帝にはないと思われる。呉徳も先のことを考えているはずだ。案外協力してくれるかもしれない。このように徐市は考えたものの、やはり始皇帝は恐ろしかった。(帰ってくるつもりはない)などとは、やはり呉徳にも打ち明けられない。

遠洋に航海する場合、様々なことを予め想定しておかなければならない。風向きのこと、水や食料のこと、病気対策、船団全体への指令や統率手段のこと等々。

大陸では夏に海から陸に向かって風が吹き、冬には陸から海に向かって風が吹く。東海に向かって船出するなら、季節風からみれば秋口から冬にかけて航海するのがいいのだが、冬の船旅はあまりに過酷だ。海が荒れる季節でもある。目的地へは真冬の到着が想定できるので、それでは現地での生活基盤づくりが大変である。一方春口に出発すると、風向きはあまり良くはないのだが、到着後の活動はしやすい時期になる。住居とか食料となる作物の植え付けなど、なんとか生活の基盤作りができるだろう。航海は、季節風の代わりに海流を利用すればよい。いろいろ考えるとやはり春口に出発するのが良いと考えられる。それで出発は春先と決めていたのだった。

以前から呉徳にはいろいろ話を聞いていたが、出発を間近にして最終確認のため呉徳を政庁の自室に呼んだ。

「呉徳、よく来てくれました」

徐市は胡座から立ち上がると、呉徳を前の敷物に誘って言った。

「徐市様、どうぞいつでも呼んでください。私はあなたのご用なら喜んで参じます」

如才なく呉徳は言った。好意を持っているらしく笑顔で嬉しそうに言う。

「ありがとう、呉徳。あなたに会うと気がなごみますよ」

本当に徐市は呉徳に会うと落ち着いた気分になるのである。何か安心感があって他人のような気がしない。それに知識が豊富なのである。徐市は航海に必要な食品や道具など、あらゆるもの一切の手配を委ねていた。

徐市は、航海について呉徳から様々な意見を聞き、最終的に出航地は歴陽県烏江(うこう)の港と決めた。

そして、航海に必要な物資の集積具合を、傍らの役人に確認した後で言った。

「船積みに必要なものは大体揃ってきたようだね。人員もあらかた集まったんだが、工人のうち、もう少し金属精錬と鍛冶職人が欲しいと思うのだがどうだろう」

「徐市様、百工は一通り職人が揃ったように聞いていますが」

「そのようなんだが、特に鉄と丹砂の伎人(てひと)がいるのだよ」

「仙人の要望は、仙薬の代価として百工と童男女三千人でしたね?」

「それはそうなんだがね。もう少し金属精錬士が欲しいのだよ」

呉徳は(なぜ鉄と丹砂にこだわるのですか、人数さえ揃えて渡せば、それで仙薬は手に入るのでしょう?と)聞き返したいはずだと、徐市は思いながら呉徳の返答を待った。

「分かりました。私が腕に覚えの職人を何人か用意しましょう」

意外にも呉徳はあっさりと答えた。

出発を明日に控え、咸陽宮の政庁前は急に慌ただしくなった。駱駝や馬に乗せられた物資が次から次へと場内に入ってくる。人の出入りもひっきりなしとなってきている。総船団長で遠征将軍でもある徐市は、政庁前に全船長を集めた。

船団は第一船団から第八船団まであり、船団長が八人。

一船団は第一船から第八船まであって、総船数は六十四隻となるので、船長は総員六十四人にもなる。各船団の第一船の船長が船団長を兼務する構成である。その六十四人の船長を集めると徐市は出航前の訓示を垂れた。

「皆よく聞け。皇帝陛下のご命令で明日からいよいよ遙か東海のかなたにある蓬莱(ほうらい)、方丈(ほうじょう)、瀛洲(えいしゅう)という三神山に向かって出発する。言うまでもないことだが、お前たち船長の役目は目的地まで無事に乗員を運ぶことだ」

徐市は一人ひとりに目を移しながら力強い言葉を発した。

「いつ到着できるか、はっきりとは言えない長旅となる。その間、任された船の責任はその船長にある。つまり、乗員と積み込んだ物資の安全を守る責任のことだ。一船団八隻の責任は同様にその船団長にある。その八船団合計六十四隻の総責任は、もちろん総船団長であるこの私、徐市にあることは言うまでもない」

そこで徐市は一息ついた。

「いいか、大変厳しい航海になることは分かっている。船長はその船の乗員全員を自分の家族と思え。しかし甘えは許すな。こうした航海では一人の落ち度が全員の命にかかわることが多くある。部下の責任の所在をはっきりさせて規律を守らせろ。それが航海の安全につながるんだ」

徐市は特に規律を守らせる重要さを説いた。

「もう一つ、言っておかなければならない大事なことがある。それは、少年たちの訓練のことだ。船員として手伝いをさせる一方、それぞれ職人としての技術も磨かせなければならない。これはこの一年の訓練期間中言い続けてきたことでもあるが、時間の空いた折にも寸時を惜しんで学ばせろ」

徐市は船長たちに諭すように言った。

「工人や童男女は異国に残すことになる。彼らがその地で生き残ってゆくためには、異国の地でも役立つ技術を持つことが大事だからである」

徐市は、熱っぽく語りながら思う。まさかここでは言えはしないが、(帰るつもりはないんだ。これは大移民なのだ。東海の彼方の地に国を作る。そのための技術者であり、少年たちなんだ。みんな私の大家族の一員なのだ）と声を大にして叫びたかった。

その後、各船団の船団長を集め、政庁の役人と共に装備や積み荷を確認させた。この咸陽宮の一角に人員や装備・積み荷を集積させてから、水路と陸路で歴陽県烏江まで移送し、それからその港に集まってきている外用船に積み込んで出港という手はずになる。

この時、朱紅（しゅこう）の従者が持ち込んでいた木箱も中を改められた。中には鍋釜や生活小物を入れてあった。その下に仕切蓋があり、役人がそれを外して驚いた。そこには骨片が入っていたからである。立ち会っていた丹渓（たんけい）がすかさず言った。

「これは我らが主人の父親の遺骨でございます。どうかお見逃しください」

丹渓はその役人に黄金（きん）の小片を握らせた。

その日の夕刻、総責任者の徐市をはじめ八人の船団長全員が、咸陽宮での壮行の宴に始皇帝から呼ばれていた。徐市は総船団長ともいうべき立場の航海遠征将軍である。

広い宴会場の中央正面には、始皇帝の豪華な肘付きの胡座が置かれてあった。その前面中央には波斯（ぺるしゃ）製らしい敷物が敷かれてあり、その敷物に徐市をはじめとする八人の船団長が、皇帝から距離を置いて着座していた。

しばらくして、文武官十数名を従えた皇帝が入室し、肘付き胡座に着座した。文官が左、武官が右に、徐市らと皇帝との間の敷物に位置を占めた。

宦官とおぼしき高官が口を開いた。

「本日は、皇帝陛下の勅により、仙薬求めの航海に明日出立する徐市らの為、壮行の宴を開いて下さることになった」

丞相らしき高官は威儀を正して述べた。

「『今宵は宴を楽しめ。明日からの航海においては、朕の命令を忘れず、必ず仙薬を持ち帰れ』と皇帝陛下は言っておられる」と高官は続けて言う。

「陛下から賜っている胡酒があるので、ありがたく頂くよう」

胡姫が出てきて、皇帝の右横の卓上にある硝子杯に壺から紅玉色の液体を注ぐ。続いて何人もの女官が出てくると、文武官、徐市ら船団長にも木杯を渡して注いでまわった。

「乾杯」皇帝が声を発すると一息に飲み干し、周りの文武官も、徐市らも杯に口をつけた。

女官らが次から次へと料理を運び込んできた。皇帝の前には盛り卓が置かれ料理が満載にされる。敷物の上に直に座り込んでいる文武官や徐市ら船団長らの前にも、沢山の大皿が並べられた。

宴は始められた。船団長らの誰もが食べたことがないような豪華な料理であった。

しばらくすると、皇帝の席の対面側に楽器が持ち込まれた。箜篌（くご）や箏（そう）、胡笳（こか）・胡琴（こきん）などである。壁際には編鐘（へんしょう）も置かれた。そして妙なる音楽が演奏され始める。すると、雅やかな絹の衣を纏った胡姫の踊り子らが大勢出てきて胡旋舞（こせんぶ）が踊られた。艶めかしいしぐさで胡姫らは腰をくねらせて踊る。

宴も佳境に入った頃、先ほど冒頭に始皇帝の言葉を代弁した宦官が、徐市にすり寄ってきた。女のような柔らかい動作で、手のひらを立てて添えた口を徐市の耳に寄せて囁いた。

「皇帝陛下がお呼びでございます」

小声だが高い宦官の声音に、徐市は虫酸が走る思いがした。その宦官に先立って案内され、皇帝の前に進み叩頭（こうとう）した。

「徐市よ、近うよれ」

徐市は叩頭したまま、すこし前ににじり寄った。顔を上げよと言われ顔をあげると、威圧するような声で始皇帝は言った。

「徐市よ。これで三度目だな。今度こそ絶対に仙薬を手に入れて帰れ！」

始皇帝は鋭い目をしてにらみつけている。

「お前は車裂きの刑を知っているな。次の失敗は許さないぞ。わすれるな」と続けて言い、昨年の話だがと言って、始皇帝の命令で長年にわたり不死の仙薬を求めて廻った生某と侯某という二人の儒者の話を聞かされた。二人は何年経っても仙薬を手に入れられず、逃亡したが探索され、見せしめのため民衆の前で車裂きの刑にされたという話であった。

これがきっかけで皇帝は、儒者を信用できない嘘つきだと決めつけて弾圧するようになった。いわゆる焚書坑儒(ふんしょこうじゅ)(7)はこれがきっかけだったのである。

この話はもちろん徐市は知っていた。徐市は大仰に恐れてみせ、更に平蜘蛛のように始皇帝の足下に叩頭してしばらく動かなかった。

「今度こそ必ず不老長寿の仙薬を持ち帰り、陛下にお献げ致します」

徐市は何度も誓いを述べ、引き下がった。

明くる日、徐市以下の船団乗組員一行は東方航海に旅立った。

黄河支流渭水(いすい)の北岸にある咸陽宮に近い船着き場から、次から次へと資材と人員を満載した船が岸を離れた。そのまま渭水の流れに乗って下り、河水（黄河）に入る。黄色い河水の濁流は蛇行しながら東流している。開封で積み荷と乗員を降ろした。そこからは陸路である。

秦帝国の全土は三十六の郡に分けられていた。一郡はさらに戸数一万前後の県に分割され、郡・県には司政官が咸陽から派遣され行政と軍事を担当していたのであった。県はさらに郷、亭、里などに分けられている。陸揚げする要所には司政官が待っていて何かと便宜をはかってくれた。始皇帝からの指令が行き届いていたのであった。始皇帝は各地から首都咸陽に至る道路を整備し、駅馬の仕組みを構築していたからである。まだまだ不十分であったが、都からの東路、南路、西路は重要だとして幹線道路には駅馬網ができつつあったのである。

陸路を南下した一行は南京付近で江水を南に渡った。もちろん渡河は船に頼るしかない。物資や人員とも船に積んでは降ろし、陸路は馬や驢馬、荷車などで運び、又船に積んでは、降ろすのだ。こうして歴陽県烏江の港まで河川や運河など水路を利用しながら物資を移送した。当然ながら陸路を行く場合の人員は、大部分の人々は徒歩で移動する。それもできる限りの荷物は背に担いだり手荷物として持ち歩くのである。

大勢の人員は、あらかじめ決められていた航海船単位の乗組員構成で行動した。一船あたり五十人乗船。この船が八隻で一船団群を成し、これが八船団あって全部で六十四隻ある。総人数三千二百人になっていた。これだけの人数だと、一緒に行動することは難しいので、一船あたりの人数、五十人単位で行動している。

大陸東岸の歴陽県烏江の港では、今回の航海用として新たに建造した船を含めて、六十四隻の船が、乗組員と物資の到着を待っている手筈になっていた。

咸陽脱出

胡傑（こけつ）は、咸陽宮城壁の中の訓練施設で兵員の戦闘訓練をしていた。ここでは各地から徴発してきた予備兵の中から、兵士として資質に優れた者を選りだして集めている。彼らに実戦の訓練を施すのが胡傑に命じられた役目だった。

戦闘員としては、基本的に体力と運動神経が勝っていれば良い。兵士としてそれらの資質に優れた者たちに武器の扱い方を教え実戦能力を高めるのが訓練である。何よりも上官の命令通り行動することが求められる。号令通り忠実に団体行動ができるようになると、はじめて槍や矛（ぼう）に戈（か）、盾などの使い方を指導し、実戦的な戦士を養成するのである。

実際の戦闘に模して練習をするので、訓練生らは生傷が絶えなかった。以前は圧倒的に歩兵が多かったのだが、近年秦国は騎馬兵の養成に力を注いでいるので、馬に乗れる者、弓を引ける者が特に必要とされていた。以前は指揮官が戦車に乗って指揮をとり、その他ほとんどが歩兵で白兵戦を戦った。今では敵軍が近づくと初めは弩を一斉に放ち、次は騎乗兵が近づいて行きながら馬上から弓で射撃してゆく。

合戦で威力を発揮するのは騎兵の持つ戈や矛などの長い武器であった。入り乱れての白兵戦となると歩兵による肉弾戦となる。歩兵は槍や剣で戦うのがふつうであった。実戦では馬上での剣は使いにくいものである。

何人もの訓練教官が兵士を養成していた。胡傑はその教官の一人であった。その胡傑が受け持つ何人かの訓練兵の一人、葛洪（かっこう）は弓が得意であったが、人並み外れて運動能力が高く、騎乗の矛による戦闘訓練においても、剣による地上の戦闘訓練でも抜きん出て成績がよかった。ある時、訓練ぶりを巡視に来た胡傑の上官の目にとまった。胡傑を呼び止めて上官が言った。

「胡傑と言ったな。お前の訓練兵は皆優秀そうだな」

胡傑は警戒した目で上官を見つめた。

「胡傑よ。匈奴との国境が不安定になっているらしくてな、北方に新たな兵士団を送るよう指令が出ている」上官は言った。

北方の将軍からの要請で、皇帝が援軍を出す決定をしたという。それで、人選して早速派遣せよとの命令が出され、適当な兵員を探していたというのだ。それで胡傑が受け持つ訓練兵に目を付けたらしい。上官は更に続けた。

「お前の兵士達はなかなか強そうだ。特にあの若者がいい」

上官は弓を的に放っている葛洪を指さした。葛洪は胡傑の教官助手として訓練生の一人に弓の指導をしていたところだった。

「奴は弓だけでなく、武器に何を持たせても強いだろう。どうだ、そうだろう？身のこなしを見ていれば分かるぞ」

さすがに上官には分かるらしかった。胡傑は、その通りですと頷く。

「奴を訓練したのはお前だ。おそらくお前は戦場の指揮官としても優秀だろう」

上官は決めつけるように自分で頷くと命令した。

「お前を部隊長に任命する。訓練兵と共に三日後に北の国境へ出発せよ」

否応はない。皇帝の命令として発令されたのである。胡傑らに出軍準備を兼ねた三日の休暇が与えられた。


その日の訓練日課が済んだ夕刻、受け持ちの訓練生全員を集め、自分が部隊長となり北方に出陣することが決まった事を伝えた。誰もが戦役にとられた時から戦線に送られる覚悟はできていた。どうせ戦争に参加させられて死ぬのなら、自分らが少しでも尊敬できる指揮官の元で戦いたいというのが兵士の心情である。訓練生の誰もが日頃から胡傑の武人としての頼もしさに、憧れと尊敬の気持ちがあったので誰にも不服はなかった。むしろ喜んでいる者が多かった。葛洪などは待っていましたとばかり目を輝かせたくらいである。

その日の夕刻、胡傑は外出許可を得ると、葛洪を誘い街へ出かけた。出発までの三日間は比較的自由にできる。当分の間は酒が飲めないので胡姫のいる酒肆（しゅし）に行くのが目的だった。

店に入り、壁際に置いている簡単な木作りの胡座に二人が掛ける。すると向こうから笑顔で若い女が寄ってきて、黙って二人に木杯を手渡し、腕にかかえた壺から酒を注いだ。言葉は交わしていないが、この国の娘ではないことが一目で分かる顔つきである。代金を支払えと言うので刀銭で払う。

一口飲んでから胡傑は言った。

「葛洪よ、君は実に弓が上手いな」

まず褒めた。葛洪は嬉しそうな顔をする。

「三日後に出発することになったが、何か俺に聞きたいことはないか」

胡傑は若者に尋ねかけた。

「はい。何も」

若者は短い返事をした。そして、

「僕には親兄弟がありませんので」とつけ足したように言った。

「そうか」

胡傑も短く頷く。ふたりとも黙った。もう一口飲む。

卓上に置かれた器の中の干し肉を嚙(かじ)りながら飲み続けた。

しばらくして葛洪が遠慮がちに聞く。

「教官、すこしお聞きしてもいいでしょうか」胡傑が頷くと、

「噂で聞いたのですが、教官の仲間達は教官と別れて仙薬を探す航海に出てしまったそうですね。それは本当ですか」

「それは本当だ。でもそれがどうかしたのか」と尋ね返すと、

「僕はその船に乗りたかった。どうしても乗り込んで一緒に東の果ての国に行きたかったのです」と意外なことを言った。

「しかし葛洪、お前も聞いているかも知れないが、あれは東海の仙人に対する貢物で、人質と同じなんだよ。百工と童男女三千人、そして五穀の種と引替えに仙薬をもらって帰るんだ」

胡傑は続けて言う。

「つまり、異国に置き去りにされるということだ。挽き殺されて薬にされてしまうかも知れない。それに航海は命懸けで、海は荒れ大鮫が襲いかかってくる。たとえ死は免れても一生この国へは帰ってこれない」

「死んでもいいのです。それにこの秦国など、何の希望もありません」

葛洪は胡傑をじっと見つめ「フーッ」とこの若者にはふさわしくない溜め息をついた。

「先ほど出陣指令がでた事を話した時、お前は嬉しそうな顔をしたではないか」

胡傑に言われて、葛洪は小さく頷いたが黙ってしまった。

しばらく考えているようなそぶりだったが、意を決したように話し始めた。


「実は教官、僕は以前からいつか脱走してやろうと考えていたのです」

葛洪は胡傑が驚くようなことを打ち明けた。

「教官から出陣の指令を聞いたとき、これはいい機会だ。脱走するのはこのとき以外にはないと思ったのです」

それでつい嬉しそうな顔をしたのかもしれないと葛洪は言うのである。そして、上官にこのようなことを打ち明けた以上、自分の運命は死か脱走以外にないとまでいう。教官が邪魔をするというのなら、今ここで闘ってでも脱走してみせると言わんばかりの覚悟が窺われる。

「さあ、教官、ここで僕を殺しますか、それとも帰って報告しますか」

葛洪は立ち上がろうとした。

「まて！　葛洪ッ」

隣で客に愛想を振りまいていた女がこちらを振り向いた。

「葛洪、分かったよ、静かに話そう」

胡傑は手で座り直すように促した。

「お前の覚悟は分かった。では、俺も打ち明けよう」

胡傑は小さな声で話し始めた。自分の仲間達のこと、東の国へ行くのが目的だったこと。それで、自分も機会を見て脱走し仲間達に追いつこうと思っていたことなどを話して聞かせた。

葛洪は目を輝かせて聞いていた。

「葛洪、我々は同志だ」

帰ってからじっくり相談しようと二人は立ち上がった。

帰ろうとする胡傑に、初めに酒を注いだ胡姫が秋波を送ってきた。そして寄ってくるとアラム語で、また来て欲しいというようなことを言った。

紅灯緑酒（こうとうりょくしゅ）、男ならまた来てみたいと思わされる店ではあった。

帰り道、歩きながら二人は今後の行動について話し合った。話し合ったというよりも葛洪が胡傑の考えを聞き、ほとんどそれに従うというような話になる。北方への出発まで今日を含めて三日しかない。しかし、胡傑にしても確たる自信のある脱出計画はなかった。脱出後のことを考えると、協力者が必要なことは確かだった。この三日のうちに秘密を厳守できる協力者を見つけなければならない。胡傑は考えた。葛洪も親兄弟はいないという話だった。

「葛洪、誰か協力してくれる人物に心あたりはないか？」

「先ほどから考えていたのですが、一人います」

葛洪がいうには、同じ西戎出身の商人に知り合いがあるという。名を聞くと何と呉徳だというのである。同じ部族の出身なのだという。この咸陽へ来たのもその商人の口利きによるものだと話す。胡傑は、呉徳はすでに知っている男だということを伏せておいた。

「しかし、葛洪、そのような人物に話すのは危険ではないか」

こう聞かずにはいられなかった。呉徳は、始皇帝に近い人物である。咸陽宮に出入りしてあらゆる物資の交易をしている政商ともいうべき人物と窺える。損得を考えても、とても協力してくれるようには思えない。

「教官、一度会ってみてください。お互いが気にいるかもしれませんよ」

葛洪は直感でお互いが好意を持ちあえると思ったのだ。

時間がない。胡傑はこの若者に賭けてみようと思った。連絡がとれると言うので葛洪に任せた。


すぐ会えるということになった。自宅へ来てくれということで、葛洪の案内で呉徳の屋敷へ赴いた。波斯（ペルシャ）邸である。始皇帝が全国から富豪を集めて住まわせたという豪勢な屋敷が建ち並ぶ地域にある。

胡傑は以前、この商人の屋敷内の倉庫に仮住まいをさせてもらったことがあったので、もちろんこの屋敷の場所も、瀟洒なこの建物も知っていたが黙っていた。

邸宅内の一室へと通された。はっきり見覚えのある、にこやかで体格のいい人物が入ってきた。

（もう呉徳に隠しておく必要はない。これも縁だろう。この人物に包み隠さず話をして協力を頼んでみよう）

胡傑は決心を固めた。

「その節はありがとうございました」

「いやいや。久しぶりのようですが、また会えました」

二人はなつかしそうに、すぐ近づいて胡風の挨拶を交わした。

「えっ、何ですか？知っておられたのですか」

葛洪が驚いている。

「葛洪、黙っていて悪かった。私の知っている人物と同じだと途中で気づいたのだが黙っていたんだよ」

「何ですか、人の悪い。僕は信用がないのですね」

葛洪は不服そうに口をとがらせた。

「早速要件に入りたいのですが、私に協力して欲しいとはどういうことですか」

呉徳はいきなり胡傑に聞いてきた。葛洪からは詳しく聞いてないようだった。

「北方出陣のことでしたら、陛下の命令で武器や物資はすでに万端整えて城内に搬入しています。それ以外に何かご注文でもありますか？代金さえ支払ってもらえれば、私は商人なので何でもご用は承ります」

「でも、皇帝陛下に逆らうようなことはお断りです。私も命が惜しい」

呉徳は続けて言った。

（ふーむ、やはり相手がわるかったか）

胡傑は会ったことを後悔した。この場ははぐらかすしかない。

「滅相もない、皇帝陛下を裏切るようなことはしませんよ」

ここで胡傑は一息ついて考えた。

「あなたの交易船に人を乗せていただけないかというお願いです」


胡傑は呉徳の表情を窺いながら、めまぐるしく頭を回転させて言葉をつないだ。何人を何処から何処へ乗せるかという問いに対しては、五人ほど閩越（びんえつ）の閩中港（びんちゅうこう）から東方の島まで運んでもらいたいと、かねてから考えていた地名を口にした。乗船の希望は一カ月後くらいだとおおよそを述べた。

乗るのはあなたの知り合いかと尋ねられたので、胡傑はその通りだと答え、

「もちろん、十分な代金はお支払いする」

胡傑はじっと呉徳の目を見て言った。

「解りました。引き受けましょう。その代わり代金は高いですよ」

呉徳は、支払いは黄金だと条件を付けて、意外にあっさりと協力を約束した。

胡傑は不思議な気がした。何故だろう、何故こんな危険な約束をあっさりと了承したのだろう。商人というのは金の為なら、どんなことでもするのか？　もし後で始皇帝が知ったらただでは済まないだろう。俺は嘘は言っていない、乗るのは俺を含めて俺の知り合いばかりの予定だ。一カ月後、乗船の際に俺たちが乗り込もうとすると、約束が違うと反故にするつもりだろうか？　どうもよく分からない人物だと思う。表情の動きを寸分も見逃さなかったつもりだ。あの表情に嘘はない。まさかわれわれを始皇帝に密告することはなかろう。胡傑は自分の直感と自分の運命を信じることに決めた。

呉徳の屋敷を出ての帰り道、それぞれ乗ってきた騾馬に跨った二人は、轡を寄せて歩ませながら話を交わした。

「葛洪よ、お前はどう思う。あれでお前は良いのか。心配はないのか」

「はい、あれで心配はないと思います。私はあのような結果になると思っておりました」

葛洪はこともなげに答えた。

「しかし葛洪。お前は何故呉徳が協力してくれると思ったのだ？」

「はい。それは、何となくです」

実は、と葛洪が話し始めた。商人の呉徳は葛洪と同郷で、そのよしみで時々屋敷へ行って話をすることがあるという。そのような時に呉徳が話すのは、この国の将来のことだった。それは、皇帝の命は長くない、それにこの秦国はもう近いうちに滅びるだろうという。

何故かといえば、自分が生まれ、住み暮らしている国を誇りに思えないばかりか、その国民から滅びてしまえばよいといわれているような国は、他国から攻め滅ぼされなくても、おのずから滅びてゆくであろう。朝廷に仕える文武百官ですら陰口をきいている。そのような国が長続きするわけはない。自然に滅びるだろう。もし、そうでなくても皇帝は誰かにきっと殺されるにきまっているというのだった。

「この話は死を覚悟しての話です。僕はあなたに命を預けています」

だからこのような命懸けの話ができるのですといい、実は呉徳はもう始皇帝を見限っているのだと言う。僕と呉徳が同郷の出身ということは話しましたが、つまり同族なんです。はっきり言いますと西の蛮族、犬戎（けんじゅう）の朋輩（ほうばい）ですと、話を続ける。

「私たち狗族（くぞく）は絆が強いのです。決して仲間を裏切りません。そして助け合うのです。私たちは政権に寄生して生きて来ました。しかしこの秦国はおそらくもうすぐ滅びて行くでしょう」

それで、次の政権をさがしていましたと、恐るべき事を言い出した。そして徐市という人物を見そめたのだというのである。しかし折角見初めたその人物が言うには、この広大な大陸はだめだ。政権が生まれては消え、新興国が勃興しては滅び、民は悲鳴を上げている。この国はいつまでたっても安定しないだろう。徐市は、いっそこの国を飛び出して東海のかなたで理想の国を作ろうと言いだしたと言うのである。それで私たちは次の盟主を徐市と仰ぎ、国作りの手助けをしていこうと決めたと言う。

胡傑は驚いてしまった。なんという若者だろうか。ただ者ではないと思う。

「葛洪、さあ話してくれ。もう身分を明かしてもいいだろう、俺たちは同志だ」

「あなたに隠すつもりはなかったのです。実は私、犬戎出身でイカリと申す者です」と話し始めた。

葛洪の父は、西戎国の属国・犬戎の王であったが、その盟主西戎連合国の大王に見捨てられ滅ぼされた。葛洪の父は殺され、王子だった葛洪自身も捕らえられ殺されようとしたが、その時秦国の御用商人になっていた呉徳に救われ、辛くも秦国に逃れて住み着いたという。秦国の始皇帝の出自も西戎だったのである。

どういう手を尽くしたのかはよく分からないが、呉徳は始皇帝にうまく取り入り、商人として皇帝から信頼されるようになっていたのだという。もともと才覚の働く有能な人物だったのである。

胡傑は驚きと共に不思議な縁を感じた。

初対面から、徐市にも呉徳にも、そして葛洪というこの若者にも何となく親しみを感じた。これも神の意志による運命というものだろう。自分もこの国に二度と戻ってくるつもりはない。幸先が良いと胡傑は思う。これなら皆が同じ目的で邁進できる。

「葛洪、正直に話してくれてありがとう。勇気がわいてきたよ」

「僕もあなたとめぐり逢えたことを神に感謝しています」

これからは、軍からどのような手段で脱走するかと問題が残る。それこそ命懸けだと二人で語り合った。もう明後日には出陣なので時間は迫っていた。

どのように考えてもこれといった良い考えはない。夜陰に紛れて強引に脱出するしかなかった。ただ胡傑は隊長だったので、ある程度の自由はきく。しかし、派遣される先は自分たちが乗船しようとしている地とは逆の、北方なので出発後はできるだけ早い機会に脱走しないことにはますます距離が遠のく。見つかって阻止されれば相手を殺してでも脱走するという覚悟がいるのである。

二人でどのような経路でどこの港から出航するかについて話し合った。考えは同じで、閩中港から出航しようと決めた。問題は脱走してから海岸に行くまでの経路と道中の食料だった。陸路を行くための馬と、水路を行くための小舟の手配もいる。葛洪が言う。

「大体の手配はできます。もともと、いつか近い機会に脱走しようと考えていたのです」

そのための手はずは考え、用意してきたのだという。

「あなたのような方が現れるのを待っていました」

それで同じ気心の仲間を作るため、情報を仕入れるため、兵士としての腕を磨くためにも軍の訓練施設に潜り込んでいたのだというのである。

「私の他に仲間を三人加えさせてください。心配はいりません。僕が訓練所に来て以来の仲間で気心が通じています」

「もう少し仲間が欲しいと思っていた。丁度良い。任せよう」

呉徳が陰で葛洪の手助けをしているのだろう。胡傑は心強く思った。

北の匈奴戦線への応援部隊出陣の日が来た。咸陽宮の広場に集合して朝明けと共に出発した。全員で五十人ほどの部隊であった。部隊長が胡傑、補助官が葛洪である。ほかに政庁長官直属の兵士が数名随行することになっていた。

城門が開かれると、胡傑を先頭に北に向かって出発した。もちろん陸路である。胡傑が訓練をしたこの部隊は、騎兵を養成する部隊だったので、全員が騎乗している。

脱走決行は出陣初日、野宿した深夜にやろうということにしていた。五人分の馬とそれぞれの食料は別に隠していた。皆が寝静まった後、葛洪の案内でその隠した場所まで、徒歩で行くことにしていた。朝乗ってきた馬は置いて行くのだ。馬に乗って出るとどうしても騒がしくなり見つかりやすいからだった。野宿は各々が適当な場所で寝るので、そっと起きて歩いて行けば見つかりにくいという判断からである。

その夜、五人は示し合わせてそっと部隊を抜け出した。各々武器は身につけている。胡傑は剣、葛洪は短剣と弓矢だ。他の若者三人もそれぞれ使い慣れた武器を携えていた。月明かりの中、葛洪が先に立って馬を隠してある場所へ急ぐ。南の方へ少し戻った先の、崩れかけた農家の廃屋に馬が五頭繋がれていた。呉徳の手の者が動いたのだろう。ここまで離れていれば馬の嘶きも馬具や武器の擦れ合う音も、蹄の音や話し声も聞こえない。ここからはただひたすら南を目指せばよい。

五人が馬に跨った。このあたりの道にも明るい葛洪が先に立って駆け出そうとした。

「まてっ！」大声がした。

声がした方を振り返ると、武装した大男がいた。一人である。随行してきた政庁直属の兵士だった。徒歩で後をつけてきたらしく馬がいない。

「貴様は隊長ではないか？」

月明かりですかして胡傑を見た兵士が言った。

「何をしにいくのかと後をつけてきたら、脱走だなッ、戻れ！」

「見逃せ、俺はお前を殺したくない」

「そうはいかん、お前達を逃すと俺も生きてはいられない。皆んな戻れ、黙っていてやる」

兵士は強い声で言った。

胡傑はその言葉を無視して葛洪に言った。

「葛洪、相手は一人だ。俺に任せろッ、皆と先に行け」

葛洪は一瞬逡巡したが、胡傑が手ですぐ行くように命じると他の者達と駆け出した。

「さあ、こい！惜しい男だが仕方あるまい」

胡傑は馬を降りて兵士の前面に立ち塞がった。

相手はすでに剣を抜いている。胡傑も素早く剣を抜き合わせた。相手の勇気に敬意を表し、馬を降りて対等に戦ってやろうとしたのだった。一対一で遅れをとるとは考えていなかったからでもある。

しかし存外に相手は強かった。それに戦い慣れているようだった。すさまじい勢いで大剣が頭上に胴脇にと襲ってくる。胡傑は懸命に剣を合わせて防ぎ、体を躱す。実戦は故国での防衛戦以来で久しぶりだった。兵員養成の教官をしていても訓練と実戦はまるで違う。相手の攻撃を躱した瞬間に思い切って前に踏み込み、反撃を加えるのだが、ことごとく自分を上回る力で剣を跳ね上げてくる。

胡傑は手こずっていた。簡単に片づけてやろうと思ったのだが、相手は大男で勇敢だった。劣勢で押され気味になってきた。胡傑はじりじりと追いまくられて下がってくる。さらに下がると躓いて仰向けにひっくりかえってしまった。相手はここぞとばかり上段から剣を打ち下ろしてきた。間一髪、胡傑は相手の足もとを一閃した。勝手に身体が反応したのだ。相手は前のめりに倒れてきたが、声もあげず、すぐさま起き上がると身構えた。相手は思いのほか猛者だった。しかし身体が震えている。見ると足もとから血が噴き出していた。剣を持って立っているだけで精いっぱいのようだ。胡傑はすでに起き上がり体勢十分の構えがとれている。（勝った）と思った。次の瞬間、胡傑は相手の隙を見て思いきって踏み込み相手を刺し貫いた。

（惜しい男だった）と胡傑は思った。心の中で男の冥福を祈った。

急いで葛洪らの後を追おうと自分の馬に寄っていったところへ、いきなり蹄の足音がして数人の騎兵が追ってきた。異変に気づいて急いで探しに来たらしい。

「おいッ、何をしている、やッ、お前は隊長だな！」

先に追いついてきた騎兵は胡傑の前に倒れている仲間を見てすべてを察した。

「脱走だな！ 許さぬ」

胡傑は馬に飛び乗って駆け出そうとしたが、すぐ間近までせまり剣で襲いかかってきた。仕方がなしに相手に向き直って剣を交えていると後の三名も追いつき、後ろに回り込んで逃げ道をふさがれてしまった。初めの一人は切り伏せたが、後の三人に取り囲まれた。なかの一人が言った。

「胡傑よ、お前は隊長でありながら脱走とはどういう了見だ」

「きさまは他の者を逃がしたな。すぐ連れ戻せ」

「お前の罪は分かっているな、死刑だぞ」

追いついた騎兵達は口々にわめいた。

問答無用とばかり胡傑は無言のままで相手に向き直った。

相手は三人である。万事休す、と胡傑は観念したが、葛洪達が無事逃げおおせてくれればそれでよい。案内人の葛洪さえいれば閩中港までたどり着けるだろう。それから先は呉徳がなんとかしてくれる。ここはできるだけ時間をかせいでやろう。胡傑は覚悟を決めた。

右に左に敵の鋭い剣を払いくぐっていたが、もはや時間の問題だった。兵士の訓練教官であったとはいえ、一対一なら何とかなるが相手は三人、身体も疲れてきていた。取り囲まれ追い詰められ、（もはやこれまで！）と思ったその時、

「ピュー」と風切り音がして正面の兵士がのけぞった。何事かと見回したところに蹄の音が響き、二の矢が飛来してもう一人の兵士に突き刺さる。たじろいだ瞬間胡傑が飛び込みざまに一撃で斬殺した。そこへ若者が馬で駆け込んで来、矢を射られてもがいているもう一人に、近づいた馬上からもう一矢発射してとどめを刺す。

「葛洪！」

胡傑は助かったと思った。残った一人は馬首を返して逃げた。胡傑は追う。後から葛洪が弓に矢をつがえて射ようとするが、木陰で月明かりが届かない。見当をつけて矢を放ったが手応えがなかった。

胡傑は馬にムチをくれて追った。相手は懸命に逃げる。こうなると馬の脚力の問題だ。みるみる間隔を詰めていき追いついた。もう逃げ切れないと悟ると相手は振り返って応戦した。しかし、戦意をなくし一度逃げ腰になった兵士は弱い。胡傑はたちまち切り伏せた。

「教官、大丈夫でしたか」戻ってきた胡傑に葛洪は言った。

「戻って来たのか。先に行けといったのに」

「教官を残してはやはり行けません」

「俺がいなくてもお前さえ行けば皆を案内できる」

葛洪は言う。あなたがいないことには航海に意味がない、あなたはわれわれの指導者になる人だ。これからはもっと命を大事にしてほしいと言うのだった。

「葛洪、俺はこれから教官でも隊長でもない。胡傑と呼べ」

胡傑は命令口調で言った。

五人は先を急いだ。五人が乗る五頭の馬はいずれも劣らぬ駿馬だった。昔からこの国にいる馬とはあきらかに違う。大きく強く速い。何処の国の将軍も欲しがる龍馬（ロンマー）と呼ばれている西域の赤毛の馬だった。呉徳の心遣いをありがたく思う。

道中、馬の背に付けられていた竹筒の水を飲み、干し肉や乾燥イチジクの実を囓りながらできるだけ先へ急いだ。堅い獣皮で作られた馬の背に置かれた座[8]と、そこから左右下に垂らされた革帯は足を置くのに都合が良かった。長く乗っても疲れにくいし、足を踏ん張って立ち上がることもできるので、武器を振るって闘いやすそうだった。馬上から弓を射るのもたやすいと思われた。これも呉徳らの知恵であろう。

渭水（いすい）にたどり着くと船に乗った。呉徳の名を出して葛洪が交渉したのである。これは物資の商船でかなり大きい。馬も一緒に乗せて下流にくだる。この渭水は途中から河水に合流し更に東に向かって流れをくだる。川幅は広く黄濁している。落陽で下船してそこからは馬に乗り、秦嶺山脈を越え南へ行くと漢水に至る。そこから馬と共に又船に乗り江水にでると、次は運河を利用して南へ南へと進む。運河が狭く、小さな舟に換えると乗ってきた馬を手放した。

南船北馬と言われるように、この辺りの中国南方は陸路より水路が発達している。春秋・

戦国時代から諸侯によって多く造られた運河は、所々狭く浅くなっているところはあったが上手く利用すると陸路を行くより格段に速かった。大部隊だとこうはいかない。これで日数は大分稼げるのである。

先ほどから胡傑は考えていた。朱紅(しゅこう)たちはもう出航しただろうか。あまり遠くまで行かないうちにできるだけ早く追いつきたい。しかし、強引に脱走したのであとが心配でもあった。世話になった呉徳に迷惑が及ばないだろうかと気になった。疑いがかかるであろう事は目に見えている。それに、皇帝は怒り狂ってすでにもう追手を差し向けているだろう。始皇帝は度量衡の制定の他、郡県制を敷き大道を整備して駅馬の仕組みを構築していた。都咸陽から八方に通じる道で伝令を飛ばし、次々に県令に命令を伝えて行く。

胡傑捕縛の命令もすでに発せられていた。中国大陸は大河が西から東に通じているので、特に東への指令は早く届くが南北の交通はそうはいかない。北から言えば、河水、淮水、江水と大河川に遮られているので渡河して陸路を行くか、運河の通じているところまで廻りこれを利用するしかなかった。長江を下り黄海へ出るのはたやすいが、それだとすぐに捕まってしまう危険があった。それで胡傑たちは閩越の海へ出るのを選んだのである。南行する我々より先に伝令が郡司に届いているはずはない。自分等は最短距離を最短時間で来たという自信があった。伝令は早馬を駅で乗り継ぎながら駈けて行くのである。もし伝令を見つけたら斬って捨てるしかなかった。

気になるのは我々に手を貸した呉徳のことだった。

「葛洪、呉徳のことだがまさか捕らえられて殺されてはいないだろうな」

運河を行く船上で胡傑は葛洪に言った。

「教官、いえ、胡傑……」

葛洪は言いにくそうにそう呼んだ。

「胡傑、心配はないですよ。呉徳はもうとっくに逃げていると思います」

きっと一族を引き連れ、舟で我々と一緒にこの国を捨てて、東海に旅立つつもりではないでしょうかなどと、葛洪は何の心配もなさそうな顔で言う。

「海に出てしまえばこちらの勝ちです。呉徳の船は速いので追いつかれる心配はありません。まさか我々が徐市が率いる船団に加わって、一緒にこの国を捨て、大移民を企てているとは気づかないでしょう。また、気づかれてもいいではないですか。もうあとの祭りです」と葛洪は笑った。

運河が途切れ、水路が急に狭くなりもうこれ以上は進めないところまできて舟を降りる。馬はすでに乗り捨てているので、ここからは徒歩であった。

葛洪の連れてきた仲間の案内で、呉徳が船を廻している海岸を目指して五人が急ぐ。海の臭いがしてきた。目指す閩中港は近いようである。

カシオペア座（錨形星）

歴陽県烏江（うこう）の港では次々と物資の積み込みが進んでいた。積み込みが済むと乗組員が乗り込んでいく。一隻あたり五十人とあらかじめ決められているのは、積載物資が多いので船の大きさの割には乗員が少ししか乗れないからである。

出港準備のできた船から沖合に出て、船団単位で待機するよう指示されていた。沖合に出るまでは帆を上げず、船の左右から出ている櫂で漕ぎ出す。

航行順は第八船団からで、次は第七、第六……と逆順で沖合より船出して行くことに決められていた。特使将軍の徐市(じょふつ)は、第一船団の第一船に搭乗している。

全六十四隻の大船団に物資と乗員の搭乗が完了すると、港を管轄する郡の司政官が引き連れてきた郡兵の軍鐘の音を合図に、船団は一斉に帆を上げて東に向けて出航していった。


航海は順調だった。出発前から心配していたほど海は荒れず、穏やかな海路だった。船は帆走と人力の両用だ。風向き次第で櫂を漕いで行くのである。逆風での帆走はまったく無理だが、横風は帆を上手く操れば前方に進行できる。

第一から第八船団まで六十四隻もの船数になるので、自然と縦に長くなる。船団は東に向かって航行していた。

未知の海に乗り出す場合、行く先にどのような危険が待ち構えているか知れないので、指揮官の船は後ろから行くのである。

第八船団が先頭を行き、第一船団は一番後の船団になるが、その八隻のなかで徐市の乗る第一船は最後尾の一つ手前で航行した。しんがりは朱紅(しゅこう)らの乗る船だ。この船の船長は政庁から派遣された船乗りで船団の監視を言い遣っているようであった。もちろん徐市の乗る第一船にも政庁の手先らしい船乗りもいた。

経験を積んだ船乗りに指導され、訓練を経た少年たちも船乗りの一員として立ち働いていた。慣れない船上生活では日常的に様々な問題が起きてくる。食事、排泄、睡眠などでいざこざが絶えずあった。未だ成人していない少年たちである。少女も半数近くいるので異性関係にも注意が必要だった。また、船上では絶えず職業訓練がなされた。

第一船団の第二船に朱紅とその仲間たちが乗っていた。最後尾の船である。

朱紅の老執事、丹渓(たんけい)は船団の他の者達からも頼りにされた。船長は政庁から派遣されてきた人物だったが、丹渓が大変な知識人だと分かると大いに重用した。船上での様々なもめ事も、親が子供にさとすように説得して少年達を指導した。集団の中には経験豊かな老人が必要なのだということが船長もよく分かったようだった。丹渓は方角が計れる器具[9]を持っており、それを使って正確に方位を示すことができた。彼は様々なことに対処できる能力があったので、他船の船長も船縁(ふなべり)を寄せては、この船に乗り移って相談にきていたほどである。

朱紅の侍女小蘭（しゃおらん）は少女達に、船内での食事作りなど軽作業の合間、熱心に織物を教えた。少女達は小蘭をシャオニャン（小娘）と呼んで慕い、何かと相談するのだった。

従者の若者四人は、一年の訓練期間を経て誰もが見違えるように逞しくなっていた。船上ではもう一人前の船乗りのように働くことができた。彼らは仕事の合間に、呉徳（ごとく）が連れてきた金属精錬士に就いて専門に鉄や丹の製法を学んでいた。

朱紅は少年少女達の中から適性を見て、敷物や家具調度品の意匠の基本を教えた。資質のありそうな者達には実地に指導していた。彼女自身も、乗船している専門の職人から必要な技術の教えを乞うこともあった。たとえば養蚕の技術である。

養蚕は、この技術がないことには絹織物は作れない。船には桑の苗や蚕種（カイコの卵）を積んできていた。しかしこの技術は簡単ではなかった。扶桑国（ふそうこく）に上陸したら必ず役に立つ技術である。朱紅は自ら、職人に懸命に学んだ。先ず自分が会得してそして少女たちに教えていこうと思ったからだった。

朱紅は夜、船からよく空を見た。そして思う。

（ああ、胡傑（こけつ）。今どうしているの？ いつ来てくれるの？ 必ず戻ってくると私に誓ってくれたことは嘘だったの？）と聞きたかった。

昔、国で楽しく暮らしていた頃もよく空を見た。寒い冬の夜、まだ子供だった朱紅は、胡傑の馬に一緒に乗せてもらって丘に行き、夜空を見たことがあった。そのことを思い出していた。その時も今のように北の空を見上げた。北の空には美しく輝く錨形の星が天空高く昇っていた。

朱紅は、胡傑が昔話して聞かせてくれたことを思い出した。

（姫、あの錨形(いかりがた)の星座をごらん。あの中で一番明るい星がカシオペアと言うのですよ）

そういって教えてくれた。

（それは姫のご先祖の女王さまの名です）

そう言って胡傑は説明した。

その話によると、カシオペアはエチオピアのシバ女王の子孫でイスラエルのソロモン王の血を引いている。先祖は北イスラエルに代々住んでいた。カシオペアが姫だった頃、北イスラエルは連合王国で、一〇もの氏族に分かれた属国から成り立っていた。その内の国の一つがカシオペア姫の父王の国だったのである。しかし、北イスラエル王国は氏族間で抗争が始まり、父王は戦争で死に、王女だったカシオペアは一族を引き連れ、戦乱を避けて東に移住して国を作って女王となったのである。その後、北イスラエル王国はアッシリアに滅ぼされ、国民の殆どが捕虜としてアッシリアに連行されてしまった。からくも捕虜となることを逃れて小国を築いていたカシオペア女王は、将軍と結婚し王子をもうける。時が過ぎ、王子が成人すると王位を譲り、カシオペア女王は薨去した。女王が亡くなったその夜、代々国王に仕えてきた占星博士が次の王となる王子に北天の星を指し示し「今宵新しい星が生まれました。見てください。女王様が天空にのぼられて輝いています。今生まれたあの星はカシオペアという名となります」と告げたのだという。

そのような話を胡傑は聞かせてくれたのだった。

朱紅は胡傑が語ってくれたその話を思い出していた。

季節は夏の初めになっていた。今、空を見上げてもあの美しく輝く星はない。北の空には柄杓形の七つ星が寂しく光っていた。この隣が太白星で真北の方角である。昔より晴れた日の夜の方角のしるべにされていることは知っている。

（胡傑も今、この星を咸陽の都で見ているかも知れない）

そう考えてふと、もう戦地に遣(や)られて死んでいないだろうかと心配になってきた。

（女王さま、どうか胡傑をお守りください）

朱紅は甲板にひざまづいて北に向って祈った。いまは空に見えないが、カシオペアがきっと胡傑をこの船に導いてくれる。冬の季節には、きっと一緒にあの星を見ることができる。

朱紅は願うしかなかった。

（どうか無事であってほしい。祈る心が胡傑に通じてほしい。そして私の不安な気持ちを察して一日も早く姿を見せてほしい）

とうとう朱紅は北天を仰いで声をあげた。

「女王さま、お願いです。私の願いを胡傑に届けてください」

朱紅は、カシオペアが瞬いたのを見て、願いは必ず届くと確信した。

再会

閩越（びんえつ）の閩中（びんちゅう）港では、呉徳（ごとく）が一族の者達と共に胡傑（こけつ）や葛洪（かっこう）が来るのを待っていた。

呉徳は、あらかじめ胡傑たちが脱走した後の逃走の手だてをすると、一足先に閩越の港に向かっていたのである。元々徐市(じょふつ)らの船団を追って自分たちも東海に向かってこの国を捨てていくつもりだったので、一族をまとめて港に集結させていたのだった。もし、胡傑や葛洪がこの港に予定の頃までに来れないと判断した場合は自分たちだけで出航するつもりだった。始皇帝が、呉徳が胡傑らの脱走に加担したことを知り、すぐ追手を差し向けているだろう事が予想されたからであった。

事は急を要する。まさか我々が計画的に国外脱出を図り、徐市らの船団を追って集団移民を画策していたとまでは思わないだろうが、軍律を破り命令を無視して、軍を脱走した胡傑らの逃走に手を貸した事実を始皇帝が知れば、決して許されることではなかった。すぐ追手が差し向けられ捕らえられ全員八つ裂きにされるだろう。

呉徳は気が気ではなかった。早くこの国を離れないことには捕えられる。呉徳は始皇帝の残酷さをよく知っていた。衆人環視のなかでの、残忍な刑の執行を目の当たりにしている。呉徳は恐ろしくてならなかった。一刻もこのような国に長居はしたくなかった。幸い呉徳は始皇帝に気に入られ、商人としても他人が羨むほど皇帝の信頼を勝ち取り、大きな利益を享受していた。それだけに今回の行動は、決して許されない皇帝に対する反逆行為となる。

呉徳は今まで皇帝の期待に違わず、様々な要求に応え、秦国の発展に貢献してきた。気に入られようとして精一杯の努力もしてきた。もちろん商人として利益は十分にもらったが、いつも綱渡りのような商いだった。納期や品質への要求があまりに過酷だったからである。始皇帝は嫌いではなかったが、いつも命懸けで、実のところ逃げ出したいのが本心だったのである。逃げ出したのを知ると皇帝は落胆し、そして次の瞬間には怒りが心頭に達し逆上するだろう。

始皇帝に仕えている者は、将軍であれ丞相であれ、呉徳のような商人であっても、いつ首が胴から切り離されるかとビクビクしている。民は重税と徭役にあえぎ、恨みの声がこの国中に満ちている。この国は長くはない。皇帝の命も長くは持つまい。あとは戦乱の地獄が続くばかりであろう。一日も早くこのような国から逃れ、海の向こうに理想の国を作って住みたいというのが呉徳の念願だった。

（今日一日だけ待ってみよう。彼らが来なくても明日には出航しよう）

呉徳はそう心に決めて待っていた。しかし、その日も暮れてしまった。

「明日、日の出と共に出航する。そのつもりで準備せよ」

呉徳は水夫長に命じた。

そして次の日の未明、呉徳の号令で一族の者達が忙しく出航準備を始めた。鳥たちのさえずりが聞こえてきて、東の空が少しずつ明るくなって来ていた。胡傑や葛洪らはまだ来ない。とうとう朝陽が昇り始めた。

一族の者達に急かされた呉徳は、とうとう大声をあげた。

「出航！」

漕ぎ手らが櫂を海面に突き出した。

水夫達が錨(いかり)を引き上げはじめる。

「おーい、待ってくれーッ」

遠くから叫び声が聞こえてきた。

呉徳はその声を耳にすると、ほっと笑顔を見せ、出航を待つよう水夫長に命じた。

桟橋で待っている呉徳のところへ胡傑と葛洪がかけよってきた。

「おお、無事だったか」

呉徳は葛洪の肩を抱いた。

「胡傑、心配していました。無事に来て良かった」

呉徳は喜びと安心感を身体中で表していた。

「呉徳、待ってもらって申し訳ありません。もう出航してしまったかと思いました」

「いつまでも待っている、と言いたいところですが、ご覧のように出帆まぎわでした」

胡傑はあたりを見回した。出港の用意はすでに整い、人々はそれぞれが持ち場に就いている。五人が乗り込むと呉徳は号令を発した。

「出発！」

舳先に立つ水先案内人が銅鐘を鳴らした。

水夫達が錨を引き上げると、もう帆を上げる準備をはじめる。すると船べりの漕ぎ手が櫂を一斉に動かしはじめた。沖に出るまで船の進行は漕ぎ手に頼るのである。

「呉徳、立派な船ですね。それに大勢の人に沢山の荷物。大きな商売ができたのですか」

「いや、大きな商いというより大きな賭けですよ。呉徳一世一代の大博打です」

呉徳は胡傑の問いにそう答え、言葉を返した。

「東海の向こうの島へ行きたいということでしたが、さてそれは何処ですか？」

呉徳はとぼけたように聞いた。

「それは扶桑国（ふそうこく）という島です。ご存知でしょう」

「もしやそれは、蓬莱、方丈、瀛洲（えいしゅう）という三神山のあるという島ではないですか」

「秦国ではそのように呼ばれているのかも知れません」

「では、徐市が仙薬を求めて船出した行く先と同じではありませんか」

「私達は仙薬を求めたいのではない」

胡傑は否定し、そして言った。

「呉徳、先ほど大博打と言われたが、あなたは何処へ行って商いをするつもりですか」

「いや……、もうとぼけるのは止めにしてはっきり言います。私もその扶桑国へ行きたいのです。ですが、交易をしようというのではありません。大博打と言ったのは引越しですよ、一族を引き連れての大移民です」

「移民とは驚きましたが、では行く先は一緒ですね。良かった、船賃は安くしてもらえそうだ」


葛洪から聞いていた通りだった。呉徳も秦国からの脱出の機会をねらっていたようだ。やはりこの国に失望して、新天地を求めての船出に一族の命運を賭けたのだろう。さすれば我々と同様ではないか。これからは隠すことなく何ごとも話し、相談し、協力しあうようにしよう。胡傑は心に決めた。

自分達も仙薬の入手が目的ではなく、東海の扶桑国で祖国の仲間たちと生活したいと考えている。それで、自分の国の姫をはじめ我らの仲間六人を徐市の船団に潜りこませたことを打ち明けた。そしてその航海中の船団にいる姫と仲間らに会いたい。何とかその船に追いつけないだろうかと頼んだのだった。

「私の船は速い、大丈夫きっと追いつけますよ」

「よろしく頼みます」

呉徳の説明によると、徐市らの船団は歴陽県の烏江（うこう）から出航したはずだ。その港はそこまで行くのはたやすいが、扶桑国のある方向に航海する場合は、沖に出てから難渋する。潮流に逆らうように航行しなければならないからである。

一方、我らが出航した閩越からの航路は潮流に乗りやすいので船足は随分と違う。ただ注意が要るのは目的地に近づいた頃を見極め、潮の本流から離れる頃合が肝心だと言うのである。失敗すると遥か遠方に流されてしまい、戻ることもままならないのだと言う。

しかし早めに潮流から離れすぎると船足は鈍るので難しいところだが、うまく船を操ってきっと追いついてやると呉徳は自信ありげに言う。しかしこのような広い海で見つけられるのだろうかと胡傑は少々心配だった。

「なに、相手は六十隻以上の船団だ。それに目的地も同じだ。きっと見つけてみせます」

「ありがとう、追いついたら私と葛洪の二人は、仲間のいる船に乗り移りたい。たぶん一番後ろの船にいると思います」

胡傑は呉徳に頼んだ。

船は沖合までは主に櫂で漕いで行き、そこからは帆と、風向きによってはまた櫂で漕いで行く。秦国東方の海は黒潮が北東向きに流れているので、この潮に上手く乗れば帆も必要がないくらい速く航行できる。

天候もよく航海は順調だった。呉徳の船には様々な道具や物資が積み込まれていた。なるほど移住してもなんとか生活できると思える用意ができているようだった。呉徳は徐市の航海にあたり、あらゆる航海の必需品や道具・物資の納入を託された商人だったので、同様のものを積み込んだのであろう。同乗している一族の者達もその殆どが様々な技術を持っているらしかった。学者もいれば工人もいるといった具合である。驚くことには船の中で何点かの植物も栽培していた。聞いてみると養蚕用の桑や五穀の苗だという。目的地に着けばすぐ植えつける為の用意のようだ。そうした様子からも、以前より一族もろとも移住を考えていたことが分かる。

葛洪とその仲間の三人は、船内の呉徳の一族とすぐうちとけて親しくなった。そしてその中の職人達から何かと教わってもいた。また船乗りとしてもその仕事の一部を分担するようになっていた。葛洪は航海中、鳥を見つけては得意の弓で仕留めた。仲間の一人は船上から縄を付けた槍を投げ大魚をとったこともある。航海中の新鮮な鳥や魚の肉は貴重で皆に喜ばれた。また今までに見たこともない飛ぶ魚もいて、これを上手く網で捕らえた者もいた。塩漬けの肉や魚は積んでいたが、捕らえたばかりの魚は、船上では飛び切りのご馳走だった。

この呉徳の船は統制がよくとれていた。一族ばかりで気心が通じており、食事についても、就寝においても、船内の生活で問題は起こらなかった。

一方、徐市の船団では航海中様々な問題が発生していた。船数は全部で六十四隻もある。その乗員は、それぞれの船に徐市の一族に繋がる者達が多くいたが、それでも乗員の大多数は寄せ集めの工人や若者たちだった。食事の問題、寝床の問題、排泄の問題など、航海の初めのうちは特に様々な問題があった。仕事の分担に対して不満をぶつける者もいた。排泄は、後部の甲板から突きだしてある厚板の切れ目からするのだが、順序など多くの揉め事が絶えずあった。船内にはうら若い少年少女が多くいたので恋愛感情のもつれから喧嘩もあった。しかし、そのうち徐市の一族がだんだん指導的立場になっていき、時を経るうちにだんだんに纏まりがとれてきていた。

船内ではそれぞれ職人から技術を習うことに真剣に取り組んでいた。少女たちは年配者から野菜や五穀の育て方を教わった。新天地につくとすぐに食糧の問題がある。真っ先に土地を開墾し穀物を育てる必要があったからだ。徐市は一族をはじめ、船団の主だった者には（もう秦に帰るつもりは無い、異国で生きていくのだ）とはっきりと伝えていた。

少年少女たちも最初は異国に奴隷として売り飛ばされるものとばかり思っていたのだが、総船団長徐市の考えが少しずつ分かりはじめ、皆希望を持つようになっていた。

そうなると何事も真剣になる。資質のある少女は朱紅（しゅこう）に織物意匠の指導を仰いだ。また他の少女たちは小蘭（しゃおらん）に織物を習った。若者たちはそれぞれの職人たちから技工を学んでいった。大工仕事や木工、金属加工や武具製作それに陶芸などである。

徐市は職人たちから学ばせるため、若者の適性を見ながらその職を振り分けた。

全部で八船団。一船団八隻の構成なので総船数は六十四隻になる。しかし、全員が無事目的地に着けるとは限らない。暴風に遭うと遭難の危険も大いにある。たった一隻で未知の土地に流れ着いても生活してゆける手だてを考えておかねばならなかった。上陸した土地では敵対する勢力があるのは常識である。それだけに武器を備え戦闘の訓練も欠かせなかった。もちろん融和を図る手だてが一番大切なことは言うまでもない。


ある日、朱紅や小蘭が乗る一番後を航行する第一船団第二船に事故が起きた。

船長が海に転落したのである。死んだのは陳長官が送り込んだ船長だった。長官は始皇帝の意を汲んで、各船に監視を目的に船員を配置していた。

朱紅が小蘭などから集めた情報では、夜中に船長が船尾で排泄中、船が揺れ海に転落したらしいというのである。

朱紅は水夫長をしている金治適（きんちてき）に相談した。すると、

「何の心配もありません。大丈夫ですよ。操船は私が責任を持って指図します。何なら船長はあなたがやれば良い」とこともなげに言う。

朱紅はやはり気になり総船団長であり、航海将軍でもある徐市に相談することにした。徐市の乗る船はすぐ前を航行している。金治適に頼んで船をすぐ横に寄せてもらい、凪を見計ってその船に移る。

「将軍、どうしましょう、船長が海に転落して亡くなりました」と徐市に会って報告し、指示を仰いだ。

「ハハハ、そうでしたか。よくあることです。他の船でも船長が二人、落ちて死んでいますよ」

まったく驚いた様子はない。そして、

「そうそう、その船には金治適という者がいるはずです。彼に操船は任せると良い。内部のことは十分にあなたができる。船長代行はあなたにお願いする」

徐市は何の問題もなさそうに笑って言った。船に戻って小蘭にこのことを話すと、

「先ほど他の者に聞いたのですが、他の船でも船長が海に落ちているそうですね。船の揺れには気をつけないと危ないですね。あの船長には気の毒でしたけれど、私はあの方が苦手でした。いつも監視するように私たちを見ていましたから。女だと思って軽々しく見られているようで怖い時がありります。こんな時に胡傑がいてくれたらどれほど心強いで

しょう。本当に、胡傑はいつ来てくださるのでしょう？　戦場へ送られてしまったのではないかと心配で仕方がありません。姫さまは心配ではないのですか？」

「小蘭、その姫さまは止めなさい。これから先は姫ではありません。朱紅と呼びなさい」

朱紅は厳しく言い渡した後にやさしく続けた。

「きっともうすぐ来てくれますよ」

朱紅は小蘭の顔を引き寄せ頬を合わせた。


一方、胡傑や呉徳らが乗る船は、徐市船団の最後尾より遥かに離れた洋上を航行していた。四方が海原で一艘の船にも遭遇しなかった。それから何日も経った。

ある晴れた日の早朝、夜が明けて明るくなった時、帆柱の上で水先案内人が怒鳴った。

「船が見えるぞーッ」

真っ先に甲板の一番高い部分に走り上がったのは葛洪だった。

他の者達もウオーと甲板に駆け上がってくる。下から何かと帆柱にいる水先案内に声を掛けるが誰にも何も見えなかった。水先案内人は遠目がきくのである。ワイワイと下で騒ぎながらどのような船が見えるのか聞いてみると、帆柱に黒い旗を掲げているのが見えると言う。どうやら探している徐市らの船団の船らしい。

少しずつ船団に近づいて行くと、帆柱の下で騒いでいる者たちにも船が見えてきた。黒い旗に龍の姿が染め抜かれているのがはっきりと見えた。

呉徳も胡傑も一番高い帆柱の下へ集まってきた。

「間違いない、あの船は徐市船団の船だ！」

呉徳は船団の船の特徴をよく知っていた。

「万歳ーッ、万歳ッ」

みんなが快哉を叫んだ。

「呉徳、ありがとう！お陰で追いついたよ」

胡傑は喜びのあまり呉徳に抱きついていた。

もうあとは胡傑と葛洪の二人が、朱紅ら懐かしい仲間のいる船に乗り移るばかりである。

(ああ、とうとうアカリに会える)

胡傑は喜びがこみあげてきた。

呉徳の船は、徐市大船団の最後尾を航行している朱紅や胡傑の仲間らが乗る船の横を通る。向こうの方もこちらの船に気付いて手を振っている。その船には船体を寄せず、先にその先の徐市の船に向かう。まず徐市に会って報告し改めて了解を得るためである。

船を寄せて呉徳と胡傑が乗り移った。会ってみると徐市は、何もかも分かっていたように船団に加わることを諒解した。このようになることも想像していたようで、胡傑が無事に脱走して来たことを喜んだ。胡傑は葛洪と二人で朱紅ら仲間の乗っている船へ移った。徐市は胡傑をその船長に任命した。船団は呉徳とその一族が乗る船が加わったので総船数は六十五隻となった。その時点では、一隻の船も脱落していなかったが、乗員は三人の船長を含め事故や病気などで死んだか、数十名の姿が見えなくなっていた。

胡傑は連れてきた葛洪を、朱紅や仲間たちに紹介した。葛洪は朱紅の従者の若者四人とすぐに打ち解けて親しく話し合えるようになった。

胡傑と朱紅は一年ぶりの再会で、喜びで一杯だった。みんなの手前、近寄って抱きしめる訳にはいかないが、顔を見合わすと朱紅はいつも眼に涙を浮かべた。

扶桑国上陸

航海はおおむね順調だった。

黒潮の流れに乗って目的地の扶桑国へ向かって航行していた。しかし、全部で六十五隻もの船団なので、どの船も順調というわけにはいかなかった。風が強く波の荒い日もある。昼でも雨が降ったりして天候が悪くなると見通しがきかず、離ればなれになることもある。夜も月夜であればよいが、曇天の夜はわずかな油灯だけが頼りでは、互いの船同士の衝突や接触の危険もある。

航海中のある風の強い漆黒の夜、近づき過ぎていたことに気付かずにいた二隻が衝突して乗組員もろとも海に沈んでしまったこともあった。

それでも何も無かったように船団は航海を続けた。

潮流は北東に向かって流れている。潮流に乗っての航海は航行は楽ではあるが、目的地を通り過ぎ、方向が逸れてしまうことに気をつけなければならなかった。何隻かの船には方向測定器具を持った水先案内人がいるが、扶桑国への渡航経験を持つ者は徐市(じょふつ)くらいしかいなかった。その徐市すら本当に経験があるのかどうかはいささか疑問だと、船長らは思っていた。

扶桑国はこの潮流の流れの左手、西北方向に横たわっているはずだった。小さな島や陸の影、鳥の往来から陸地の所在に見当を付けて、折を見てこの潮流から離れなければならなかった。そして北に向かって帆走、あるいは櫂で漕ぎ大洋を渡って行くのである。この潮流に乗りすぎてしまうと、一年たっても目的地に着かないばかりか、戻ることすらかなわなくなるということを覚悟しなければならない。

食料は三カ月分しか積み込んでいなかった。その三カ月分で、航海中の食料と目的地に着いてから現地で食料を手にするまでの期間、生活を賄わなければならないのである。それに積んできた食品のうち、塩漬けの肉や魚類はそれほど長持ちはしない。食べ物が無くなると大切な種籾にも手を出さなければならなくなる。出来るだけ早く目的地について、住居を確保すると共に、食糧を入手しなければならなかった。同時に翌年のために開墾をして、春になると共に種まき植え付けを終えてその年の収穫ができるようにしなければ生きては行けない。持参したわずかな食料の他、海や山からも食物は得られるが、食物はやはり保存がきく穀物が中心になる。

山から得られる獣肉や山菜・果実、海から得られる魚介類は、いつも必ず手に入るというものではないと考えておくべきであった。

それと共に平行して準備しなければならないのは、様々な生産手段に必需の鉄の生産である。農具や武器に鉄は欠かせなかった。木の伐採、住居の建築、道具の作製に鉄はどうしても必要だった。ある程度の必需品は船に積み込んで持ってきているが、上陸してからのもっとも重要な仕事のひとつは鉱脈探しだった。


平穏な航海が続けられていた。

ある日、徐市の差し回しで使いが胡傑(こけつ)らの船に乗り込んできた。だんだん目的地が近づいてきたので胡傑の乗る船が先頭に立てという指令だった。徐市の船は二番手で追尾するという。航海においては出港よりも寄港の方がはるかに難しい。ましてこの航海は未知の国への上陸だった。徐市は胡傑とその仲間を信頼していた。それに総指揮者の自分が先頭に立てば、万一座礁でもした場合は船団指揮が執れなくなる心配もあった。そう考えて胡傑に先頭を命じたのである。それに上陸しようという時、現地人から侵略者と見られて攻撃を仕掛けられる危険もある。そのため、敵地に乗り込む先陣を努める意味もあったのである。

胡傑は命じられて船団の先頭に立った。二番手に徐市の船が続く。呉徳(ごとく)ら一族の船が最後尾で続く。各船からの連絡で六十三隻が航行していることが分かっていた。全六十五隻のうち、二隻が沈没したが後は無事であった。しかしこれから先が一番難しかった。

まずどの時点で潮流の本流から離れるかということがあった。離れる際の操船が難しく、技術を要した。その時の風向きによって大きく左右されるからである。たとえ離れようとした時点で風向きが逆であったとしても、その風に抗して漕ぎ手の人力で流れを横切らなくてはならない。海流から抜け出せなければあらぬ方向へ流されてしまう。船団が上陸しようとしている扶桑国の南海域はいつも波が荒いとも聞いていた。それは以前に上陸したという徐市の話だった。


方向転換の水域は近いと見た胡傑は、あらかじめ帆を下ろしておくように命じていた。それでも潮流に乗った船はどんどん北東の方向に流されて行く。

先頭の船の舳先で、水先案内人と共に空を見ていた胡傑は決断を下した。遙か上空を飛んでいる渡り鳥を見たからである。船団が行くのと同じ方向に飛んでいた鳥たちが、北東から北へと行く先を変えはじめた。それはここから北の方角に陸地があることを意味する。

胡傑は水夫長の金治適に航路を北に変えるよう命令した。黒い旗が振られ指示が次々と後から来る船に伝達されてゆく。

秦国の軍団旗は黒色だった。黒は秦の象徴であり水をあらわす。周の国を滅ぼした始皇帝の秦国は五行説では水徳の国だった。対して滅ぼされた周国は火徳の国である。いわゆる五行で言うところの「水剋火」で、水は火を剋するとし、周は滅びるべくして滅びたといえる。始皇帝はその行くところ全てで、黒地に龍の姿を染め抜いた旗を使用していた。当然、始皇帝の命で仙薬を求めて東海に向かう船団は、その全ての船にこの黒い国旗を掲げていた。勿論合図に使う小旗も同じものであった。徐市はそれをそのまま使っている。


次々と後に続く船の進行方向が北に変えられてゆく。

ここからが正念場だった。各船の漕ぎ手は、潮流から抜け出すため渾身の力で櫓を漕いでゆく。銅鐘を叩き、拍子を取りながら掛け声を上げ、力を合わせながら漕ぎ進む。しばらくは休みなしに漕ぎ続けた。

海の色がわずかに変わり、黒潮の流れから抜けた船から順々に再び帆を上げて北進する。逆風でない限り帆を操れば前進できる。帆走に移った時から漕ぎ手は休めることになるのである。六十三隻の船のなかには手間取っている船も多くあったが、なんとか全船が北へ航路を変えた。

そこから北へ向かって航海は順調だったが、このあたりの波は荒い。

上空を飛ぶ鳥が多くなり、また、海上にも海鳥が舞う。明らかに海の色も明るい色に変わっていて陸地が近いことを感じさせていた。

「おーい、陸地が見えたぞーッ」帆柱に上っている見張り番が大声をあげた。


水先案内に立つ金治適と、その補助役になる長老の丹渓（たんけい）が船上から陸地を見ながら上陸地点を探す。沖合を迂回しながら、接岸に適した入り江を見つけると、沖合には次に続く船を残し、先ずさきがけて入り江に進入していった。

真っ先に胡傑らの船が接岸した。

良好と見なした胡傑は（大丈夫だ進入してもよし）との合図を出すように指示をする。

次に続くのは航海将軍で総船団長の徐市らの船だった。

胡傑をはじめ、朱紅（しゅこう）らが上陸して船内の荷物を陸揚げしていると向こうに人影が見えた。

と見るとにわかに人数が増え、こちらに向かって駆け出してくる。

「敵だ！　戦闘用意！」胡傑は怒鳴った。

全員が緊張し、男らは武器を取り出して身構えた。

胡傑は剣を抜き、朱紅に下がるように手で合図を送る。葛洪（かっこう）は弓を構え、朱紅の従者の四人の若者たちも一斉に矢をつがえた。

一方片手で胡傑は首船の徐市の船に、すぐ停船するよう合図を送らせる。

その合図にもかかわらず、徐市の船はそのままぐんぐん進入してくる。陸上の向こうから迫る敵の一群はだんだんとこちらに迫る。

「待て、待てーッ」入ってきた船の舳先で男が叫んでいる。

よく見ると徐市だった。

間近まで敵が迫ってきた。十数人の人々だった。口々に何か叫びながら走り寄ってくる。

「待て、早まるな、味方だ！」舳先から徐市があらん限りの声をあげた。

胡傑はその声で気付いた。陸地から駆け寄ってきたのは敵ではなさそうだ。各々が何やら叫んでいる。

「止（や）めい！　射るな」胡傑も両手を広げて制止した。

徐市の従者ら一族の者達が船端から海に飛び込んだ。そして次々と岸に泳ぎ着き、駆け寄ってきた人々と手を取り合って喜んでいる。胡傑とその仲間たちは何のことか分からず狐につままれたようだった。

そのうち徐市の船も接岸した。まさかと思った意外なことが現実になった。死んでしまったはずの先年の渡海者らが生き残っていた。それも一人や二人ではないようだ。次から次から陸地の奥から駆け寄ってくる。

(やはりそうだったか。徐市は、はなからそのつもりだったんだ)

遭難しただの、大鮫に喰われただのと始皇帝に報告し、しこたま金銀や工人をねだり、あげくのはては大勢の少年たちまで要求して秦国を脱出し、一族郎党を連れての大移民を企てていた。それでこれまでもかなりの人数を上陸させていたようだ。前二回の航海とも、それぞれ目的地に人々を運び、入植の準備を始めていたのだ。

「我が国の連中だ、昔の仲間が生きていたぞ!」

口づてで、次から次へと上陸してきた皆んなにも伝わっていった。

出迎えた先住の仲間達の長らしき者が徐市に向かって走り寄った。そして足もとに跪いた。

「徐市様、お待ちしておりました」

「おお、お前は陳昌(ちんしょう)ではないか、元気だったか」

徐市は抱え上げるように抱きしめた。

「はいッ、元気ではありますが、長うございました」

陳昌は顔をくしゃくしゃにして涙を溢れさせた。もうあとは声にならない。周りの仲間達も涙を浮かべている。

「他の者達も皆元気か?」

徐市は周りを見回した。

「はい、今ここに来ていない者もいますが、皆、元気でございます」

陳昌は徐市の憶えがある者達の名前をあげて、彼らが元気に働いている様子を説明した。話によればこの地の娘を娶った者もいて、なかにはすでに子をもうけている者もいるという。初めは土地の人間から敵対されもしたが、今では助け合って暮らせるようになったという。

（そうだったな。初めて上陸した際には海賊だと思われて矢を射られたなあ）

徐市は感慨もひとしおだった。

そのうち、彼らも我等が掠奪をしに来た乱暴者ではないと知り、共存できるようになった。それから互いの民族に婚姻関係ができるようになったというのである。思いがけない嬉しい話だった。原住民の彼らは海や山での採集が主な糧であった。一部の食物は栽培していたが技術は未熟で生産力も弱かった。他に金属精錬の技術があることはあったが、これも技術というほどのものではなかった。いわゆる露天のタタラで、粗製鉄を得る程度だった。精錬技術はまだ未熟だったのである。

先住の仲間たちは、この地に来るとまず耕地の開拓をした。持ってきた種籾で水利の良い所から稲を栽培し始めた。それと、海から得られる魚介と、山から得られる山菜や木の実が生きてゆくための食物となった。初めのうちは洞窟に住み、そして現地人の住まいを真似て竪穴に柱を立てて簡単な草葺きの住居を作り住み始めた。そのうち山から木を切り出して木造の住居がつくれるようになった。

村長陳昌の話では、金属採鉱が重要だと考えて奥地に鉱脈の探索に行きはじめているという。

話を聞いて徐市は安心した。彼等が原住民と諍いを起こしていないか、食物は充足しているか、誰かが病気になっていないか、開拓は順調に進んでいるか等々、航海中から気になって仕方なかったからである。

徐市は、渡航してきた乗組員や工人、童男童女ら全員が上陸すると、主だった者たちを森の中の広場に集めた。もちろん先行居住の責任者も呼んでいる。

「皆よく聞いてくれ。すでにお前達も気付いている通り、我等はここへ仙薬を取りに来たのではない。皆が豊かに暮らせる国を求めてここにたどり着いたのである。従ってもう秦国へは帰らないのだ」

徐市はそこに集まった者達の顔をぐるりと見回しながら話を続ける。

「ここがお前達の永住の土地、お前達の国になる。儂はここに国を作りたいと思う」

徐市の周りに集まって地面に座り、話を聞いていた者達の眼が輝きはじめた。

「住みよい国にするためには、まず、生きてゆくための食べ物を作らねばならん。次は雨風をしのぎ、家族を養うための家が要る」

みんなは一声も立てず聞き入っている。

「さて、ここからが大切なのじゃが……、理想の国作りをするためには誰もが協力し合うこと。揉め事をしていたのではだめなのじゃ。分かるであろう？」

徐市は皆が頷くのを見てから続けて話す。

「そこでここに、お前達みんながどうしても守らなければならんきまりを儂が作った」

そう言って徐市は、次のような決め事を披露した。

一、決して土人（くにびと）と争わないこと。

一、他人のものを奪わないこと。盗まないこと。

一、お互いに親しく交わり協力しあうこと。

一、食料生産を第一として励むこと。

一、勝手な行動をせず、村長と相談すること。

徐市はこの五つの決め事を発表して遵守するように求めた。そして、秦の郡県制[10]に倣った組織を築こうと考えた。それで初代の村長は、航海してきた各船の船長がその任に就くべしと言った。航海してきて無事上陸できたのが全部で六十三隻あるので六十三人の村長が誕生することになる。まず村長となる者の名を挙げた。また、八隻で一小船団を形成していたので、この船団長を里長とすることを決めた。この里長は八人できることになる。この里長らの名も発表した。

徐市は言った。

「物事を成す場合、村長は里長に必ず報告相談すること。里長はこの徐市に相談に来れば良い。さしあたっては私が郷長だ」

そして徐市はこの決め事は全員必ず守るように言い、今ここに居ない者にはそれぞれの村長がこれを告げよと、重ねて申し渡した。そしてこの五つの約束事に沿わない要件については村長以上が相談で取り決めることにした。

改めて村長に任命された元船長の一人が聞いた。

「徐市郷長殿、もし定めに違反する者が出たらどうするんですか」

「そんな者はいるはずはないが、そうだな、違反者は追放だ。追放されては一人で生きていけないので、いっそ首でも刎ねてやるか」

「首切り役人は決めていませんが、誰がやるのですか」

この元船長はまだ聞いている。

「心配するな、この儂が立派にその首を刎ねてやるよ」

みんながどっと笑った。

うるわしの国

徐市(じょふつ)は、土人(くにびと)たちがクマノと呼ぶこの地を「木の国」と命名し、上陸した海岸の入り江の奥の森に祭壇を設けた。そしてこれは始皇帝が崇めていた道教の神だと説明した。なんでも徐市自身も尊崇しているのだという。サルト(胡傑(こけつ))が見たところ、この祭壇は胡神(11)の祭壇かのように見えた。

徐市は上陸したこの海岸付近の地名を「新宮(しんぐう)」と名づけた。

明くる日から新しく任命された村長を中心に開拓生活が始まった。長い旅の間、同じ船中で過ごすうちに絆が生まれていた。もともと気心が知れた者同士、あるいはできるだけ縁のある者同士を同乗させていたからでもある。

名前も皆めいめいが好きな名を名乗った。中国名(秦国名)でなければならないというきまりを廃止したからである。サルトたちは元の名に戻した。勿論そのまま中国名を名乗る者も多くいる。

この頃サルトは、里長に任じられていた。総指揮官でもある徐市が忙しくて、とても里長と郷長を兼務できなくなり、里長をサルトに委ねたからである。


村単位で生活の基盤となる食料生産の手だてを作り始めた。

まず、住居を作った。さし当っては雨露をしのげるだけでよい。その次は農地を作る開墾作業である。これらは村を挙げての協同作業で行った。

大陸の海岸育ちの者等は経験のある漁業を生業の基盤とした。また、鵜飼いの技術がある者のうち、河川で漁労をはじめた者もいる。採鉱に携わっていた者等は鉱脈を探し、精錬や鍛冶に従事した経験者は同じ生業（なりわい）を目指した。工人・技術者達は、すべての船に満遍なく乗っていた訳ではない。どうしても偏りができる。それを補うため、村同士はお互いに交流が必要だった。職人が村々を行き来し技術を教え合うことが必要だった。これらすべての職人達に、見習いとして少年をその適性を考えながらそれぞれ配置させた。

また一方で植林もした。大陸から持参した種々の木の種を植え、苗を育てて山々に植えて行くのである。これらも皆協同作業だった。織物を作るための養蚕、このための桑の木も植えた。織物の指導はアカリ（朱紅）の担当であった。意匠を考え織り方を考案する。織物の実技は元侍女だったスフラ（小蘭）が少女達に教えていく。

サルトらの里は、特に植林と養蚕・織物、採鉱精錬に力を注いだ。わずかの人数だが漁労に従事した者等もいる。他の里では開墾が進み、まず畑ができてくると五穀を育てはじめた。水利の良い所から水稲栽培を計画しているところもある。

渡来して一年、この国は大きな島国であることを知った徐市は、各村を精力的に歩きまわり、殖産を督励していたが、ある時話があるとサルトを呼んで言った。

「サルト、しばらく儂はここを留守にしたいと思うのだが……」

徐市はこう切り出した。徐市が言うには……

この扶桑国の多くの地に我が一族が住んでいると思う。というのは前二回の仙薬を求めての航海時に多くの仲間を死なせてしまったと思っていたのだが、見失ったという方が正しいかもしれないと思うようになったからである。なるほど嵐に遭い海の藻屑となった者も多いだろう。高波で難破して砂浜に打ち上げられた者もいるだろう。また、座礁して溺れ死んだ者もいたはずである。また船に乗ったまま黒潮に流され、この列島の北の端まで運び去られた者達もいたことだと思う。なかには本当に大鮫に喰われた者もあったに違いない。しかし何とか岸に流れ着いて、何人かで力を合わせて村を作り、先住の土人（くにびと）との間で子を設け、立派に暮らしている者らもいるとも考えられる。幸い今回の航海では、二度の経験が生きて二隻の船は失ったものの、大部分の者達はこうして無事上陸できている。そして皆の努力で何とかこの土地で暮らして行ける目途がついた。儂は過去二度の航海責任者として、この地に連れて来れず離れ離れになった仲間達のことが心配でならない。一度目も二度目も何人かの者達は儂と一緒にこの木の国へ上陸できた。しかし離れ離れになった多くの者達は不安の中で暮らしているかもしれない。土人（くにびと）の魚取り達の噂話によれば、他国より渡来したものたちの村が、そこかしこにあるという。徐市は離れ離れになって寂しく暮らしているだろう者達を訪ねに行こうと思うと言う。

サルトには反対する理由がない。黙ってただ頷くしかなかった。

「なあ、サルトよ。国づくりは稲と鉄だ。つまり食料と鉄器である。農具作りに鉄は欠かせない。もちろん武器にも鉄はいる。儂が留守の間、全てをお前に任せる。特に鉄作りに力を注いでもらいたい」

徐市は力を込めて話し続ける。

「そしてサルトよ、木を植えよ。この国は建物を作る良材が少ない。特に杉や檜を植えるが良い。幸い楠や松、楢や樫などは充分あるようなので採鉱精錬には困ることはないだろう」

「分かりました。きっと教えに違わないよう努力します」

サルトは心に誓って頭を下げた。

幾日かを経て、徐市は腹心の前水夫長、金治適（きんちてき）と共に一族の何人かと工人・職人を引き連れて、この木の国で新宮と名づけた港を船で離れた。

見送ったサルトやアカリが帰国の予定を聞くと、

「二、三年は帰らないかもしれない」と言い残した。


それぞれが村の形を成しはじめていた。

上陸地点の新宮から海岸沿いに、東回りで生活拠点を求めて移動し、東海岸に村を成した者たちがいた。また、海岸線を西に移動して西海岸に村を作った者らもいた。

別の船で徐市らの船団の後を追ってきた呉徳（ごとく）ことムーサは、サルトや葛洪（かっこう）ことイカリらを同乗させてきた同じ船で、一族ぐるみで西海岸寄りを北に向かった。そして後の便りではナミハヤという湾岸の地で、やはり交易を生業としているという。

　漁労を生業とする者たちは、やはり海沿いが生活しやすい。そこから更に内陸に入り、焼畑で作物を作る村もできた。また山麓を開墾して畑を作り、作物で生活する村もあった。山間の谷間で集落を成し養蚕をして織物を作る村もできた。先住の土人（くにびと）達の仲間に入り木工や竹細工で生活を成す者たちもでてきた。中国南海岸で鵜漁をしていた者は、この国にいた川鵜を飼い慣らして川魚を捕った。今では鵜飼いとして村を成そうとしている。仕事によってその村々が形成されようとしていた。

　アカリとスフラは、新宮の地で養蚕と織物を少女達に教えた。

　サルトは、イカリと共に鉱山採掘の工人と金属精練士を連れて、土人（くにびと）がクマノカハと呼ぶ川伝いに遡り、鉱脈を探し求めていた。川の小石を見ると、どのような鉱石があるか分かり易いのである。それに砂金が見つかることもあった。沢伝いに行けなくなると尾根を歩いた。山を越え谷を越え、北へ北へと歩いていった。高い山に登ると辺り一帯を見渡して、鉱脈がありそうな所にめぼしを付ける。鉱山採掘が専門の彼等は土の色、叢生している植物から土中の金属が判るらしい。イカリも採鉱や精練については深い知識があることが分かった。

土人（くにびと）たちがヨシノと呼んでいる地帯には大きな鉱脈が地下を走っていることが分かり、銅が多く採れそうだった。この鉱脈には鉄はもちろん、少量だが金や銀も採れそうだと判断できた。それだけでなく丹砂（朱砂、辰砂）も採掘できそうに思われた。

木の国を拠点に新宮に住まいし、鉱脈を求めて各地を探索しているうちに、アカリとサルトの間に子供が生まれた。これを機会に新宮の生活基盤を他の仲間に委ね、サルトはアカリと相談して、子供を連れヨシノに移住しようと思った。もちろん侍女のスフラ、長老のイブラ、従者の若者四人に加え、イカリとその仲間三人も一緒に連れて行きたいと思う。

イブラは、木の国では少年たちを指導し、苗木を育て山々に木を植えていた。従者だった若者たちは山麓で開墾作業に従事するなどしていたのだが、サルトが移住の話をすると彼等も賛成したので、ヨシノに生活の拠点を移すことにした。木の国のこの新宮に、ある程度の生活拠点ができていたので、仕事を譲り、この里の村人は残して行くことにしたが、希望する者は連れて行った。

祖国から遠路はるばると運んできていた木箱は、いつもの通り若者四人が担ぎ、持てるだけの道具を持ち、できるだけの食料を携えて大人数で移住した。当分先年上陸したときと同じ苦労をしなければならない。全員が覚悟の上だった。

ヨシノは美しいクニだった。古よりこの地に住んでいる土人たちが「ヨ・シノ」と言うくらい、その高地には篠がよく繁っていた。良い小竹という意味合いがあるという。篠だけではなく、精練に必要な木炭を作るための橡や樫の木も十分にあった。また採鉱井戸を補強するための松もいたるところにある。精練には格好の植生といえた。

また、なだらかな山麓は開墾すれば畑が無理なく作れる。そして山の北側にはヨシノカハという大きな川が流れていた。その支流にはクロタキカハ（後の時代の丹生川）もあった。さらに、ヨシノの山々の北麓を流れるヨシノカハの両側には広々とした河岸段丘が広がっていた。その北側には巨大な山塊（葛木山系）が東西に横たわっていて、山向こうのクニと隔てている。サルトは、この川の下流ではきっとクマノの海とも繋がっていると確信した。

ここにもクニを作るに充分な条件の土地がある。

（我々のクニをここに作ろう）

サルトの心に、希望が大きく膨らんだ。

それから数年が経った。

ヨシノでは、サルトたちが食糧を賄うための畑地を開墾でつくりあげていた。食糧が確保できるようになると採鉱と精錬に腐心した。幸いヨシノの地は鉱物が豊富にあった。特に銅が多く産出することが見込まれた。イブラとイカリを中心に、大陸から船団で同行してきた工人の知識・技術の助けを得て、銅や鉄を得ることができるようになった。ヨシノの中心部に南北に並んで三つある山岳に、それぞれ採鉱井戸を設けたからである。イブラが宰領する南端の山が最も多く銅を産出した。

イカリはその北側にある二つの山の裁量を任されていた。しばらくしてイカリは土人（くにびと）の娘と夫婦（めおと）になった。

アカリ姫の侍女だったスフラはヨシノで地元の村長（むらおさ）の息子と結ばれた。

その間にサルトとアカリには二人目の娘が授かっていた。

里村の経営も順調に推移していたある日、新宮から使者が来て、徐市が遠征から木の国新宮に帰って来て、サルトに会いたがっていると告げた。サルトは急いで身支度をして若者一人を連れ、その使者が帰るのと共に新宮に向った。

サルトが新宮に戻ったのは八年ぶりであった。そこは小さいながらも港町としての市邑(しゅう)を成しはじめていた。地形が港として良好なので船が出入りしやすいからでもあろう。徐市が作った祭壇は新しくされ、屋根付きの祠(ほこら)となっていた。徐市がこの土地を「新宮」と名づけたのが今分かったような気がした。ここに新しい都をつくりたかったのだろうとサルトは納得した。

使者の案内により、徐市の一族で村長となっている者の家へ行った。そこで徐市が待っていた。

「おお、サルト、よく来てくれた。会いたかったぞ」

「久しぶりです。私もお会いしたかったです」

二人は抱きつかんばかりに近寄り、手を握り合った。徐市の横には日焼けして真っ黒になった金治適の顔もあった。

百工のひとり酒造りの伎人(てひと)が醸したという米酒が出された。最近作り始めたのだという。

その酒を四人で飲みはじめた。

徐市はサルトに各地の様々な話を聞かせた。

ナミハヤという入り江の村々の中に前の航海で死んだと思っていた者達が村を作ってい

た。また内陸の真ん中北方にあるヤマシロというクニにも徐市の一族が村を作っていた。その隣の大きな淡海のあるクニにも秦に縁(ゆかり)の者たちの村があった。さらにその西域の奥山の方のタニワや西のハリマと呼ばれているクニにも縁の者らの村ができていた。その他にも多くの村があって、そこには我々とよく似た者達も住んでいた。おそらく我々より更に前に、大陸から渡り来た者たちであろう。他にもよく似た体つき顔つきの者らもいた。彼等は中国北方の匈奴ではないか。彼等は我々とは違い、もっと遙か以前に大陸から、半島を経由して小舟かイカダのようなもので、この列島の北海岸から上陸したのではないかという。

サルトはじっと徐市の顔を見ながら聞いている。

話す徐市の顔に疲れが見える。以前に比べ随分痩せたように見受けられる。元気一杯の金治適とは好対照であった。酒も弱くなったようだ。以前ならどんどん飲みながら話したものだった。今は初めの一杯を少し飲んだきりで、あとはもう飲もうとしない。それでも う酔っぱらったかのように不自然に赤面していた。

徐市は続ける。

「サルトよ。儂はお前に期待をしている。お前ならできると思う。皆が楽しく暮らせる理想のクニを作ってくれ」

徐市は言うが、赤らんだ顔で眼に力が無かった。

「なあ、サルトよ。そして金治適も聞いてくれ。儂はもう長くない」

徐市は肩で息をしながら話す。

「我々は皇帝を裏切ってあの秦を見捨ててきた。そしてお前たちとこの扶桑国へ来て、皆で頑張った。そのお蔭で何とか我々が生きていく基(もと)いができた」

ここで徐市は一息ついた。

「だが、考えてみてほしい。我々が今ここでこうして居れるのは秦のお蔭ではないか。つまりそれは皇帝のお蔭といえる」

金治適は身体を気遣い「もう話を止めて休んでください」と言ったが徐市はさらに言葉をつないだ。

「儂の心の奥にいつも引っかかっていたのは、皇帝に嘘をついた事じゃ。皇帝は儂らに良くしてくれた。我等一族が栄えたのは皇帝が儂を重用してくれたからじゃ……」

「多くの儒者、方士の中から斉人の儂を第一に用いてくれた。皇帝の良さは、何国人であろうと差別せず、能力さえあれば用いてくれることじゃった。仙薬探しの航海では何もかも信用して任せてくれた。その恩人に真っ赤な嘘を吐き通したのである。儂は皇帝に謝らなければならん」

徐市の目に涙が光った。

「国つくりは難しい。それを皇帝は短期間で成された。しかし、中原[12]を征したとはいえ四方は敵で一杯だった。あの広大な大陸を統一する為には、残酷な刑罰と剣の威力で押さえるしかなかったのかも知れん」

徐市の目からとうとう涙がこぼれ落ちた。

「老いてしまった今頃になって思うのじゃが、莫大な費用を掛け、大人数を与え、儂らを航海に出してくれたのは、あるいは皇帝の夢の実現のためではなかったかと思う。不老長寿の仙薬など何処にもないこと、儂の噺も嘘だと知っていながら送り出した」

徐市はどこか遠いところを見ているような目をして、とぎれとぎれに話し続ける。

「皇帝は、秦国がいつまでも続かないと予感していたと思う。今思うとあれだけ陵墓の建設を急いだのもそのせいだろう。理想の国づくりの夢は儂らに託されたのかも知れん。東の涯で、秦国に縁の者たちが豊かに暮らす。残酷な暴君といわれる皇帝の夢は案外そんなところだったかも知れん」

しばらく間を置いてまた口を開いた。

「今度あまたの村々を見歩いて分かった。儂が連れてきた者たちは皇帝が好きだったんだな……。多くの村で秦王瀛政（えいせい）を崇めているんだよ、そしてなぜか秦某などと秦姓を名乗っている者が多い。こうしてこの地に流れ着いて生活が成り立つようになってくると自然と故国に愛着がでてくる」

徐市は少し嬉しそうな顔をした。

「そこで思うんだが、金治適よ、お前たち我が一族、そして秦国に縁の者たちはできるだけ秦姓を名乗ってくれ」

徐市は次にサルトの方に向き直って言う。

「サルトよ。お前はこの国でお前の祖国の夢を再興すればよい。この地を統（す）べて、理想の国づくりをしてほしい。儂は聞いたのだが、この国にも咸陽の都のような広い豊かな中原があるらしい。木の国の奥地から更に山塊を二つ越えた辺りにその中原はあるという。四方を山垣が巡り、今は湿地ともいうが干拓はできるだろう」

お前ならできる、任せた。儂はもう疲れたと言うと、徐市はそのまま眠り込んでしまった。そしてあくる日も目を醒まさず眠り続け、その次の日に呼吸を止めた。七十四歳だった。

七日間喪に服した後、金治適が中心となって、大勢が集まってクマノカハの川尻の辺りにこじんまりとした陵(みささぎ)を作り丁重に徐市を葬った。

葬儀を終えてサルトは従者の若者とともにヨシノに帰った。

ヨシノには南北に三つ並んだ山があって、その南側の鞍部にサルトは居を構えていた。ヨシノの山々の交通は主には尾根筋が用いられる。通りやすく距離も最短距離で移動できるからである。住居のある鞍部は尾根伝いの交通の要所になっている。この地域の里長でもあるサルトの居宅はかなり大きく、そこに妻のアカリと二人の娘、侍女のスフラ、それに長老のイブラ、従者の若者四人と大所帯で暮らしていた。更に敷地内の別棟には、サルトの右腕となっているイカリと四人の若者たちも住んでいる。

廈(いえ)に近づくと犬の鳴き声が聞こえ、二匹の子犬が駆け寄ってきた。二人はまとわりついた子犬の喉を撫でさすった。よく見ると犬ではないようだ。誰かが狼の子を手懐けて育てているらしい。

黒木の柱が両側に立てられた屋敷の入口を入ると、スフラが走り寄って来て出迎えた。向うの方から妻のアカリと女の子がこちらへ駆けてきた。女の子はサルトの娘だった。

二人の出迎えの言葉を聞いたあと、サルトは徐市が亡くなったことを話した。するとアカリは顔を曇らせて、こちらもイブラが体調をくずして寝ていると言う。サルトは、亡くなった徐市の話や新宮の話をしないまま、すぐにイブラの寝床に向う。

「イブラ、どうしました？ 具合はどうですか」

サルトはイブラの枕元に近寄り見舞いの言葉をかけた。まどろんでいるかに見えたイブラがサルトに気付いてすぐ起き上がろうとする。

「そのまま。そのまま寝ていてください」

サルトは言ったが、イブラはもう起き上がってしまっていた。

「早く帰って来てほしいと待ち焦がれていました」

イブラは小さく咳き込みながらも精一杯の声を出した。横で付き添っていたイカリが身体を支える。今まで元気だったのでサルトも歳のことは気にしていなかったが、もう七十近いはずだった。

イブラは、アカリとサルトに是非伝えておかなければならないことがあると話し始めた。イカリが気をきかして席を外そうとすると、お前も聞いておいてくれと言わんばかりにイカリの手を握って放さない。イブラの身体は小刻みに震えている。

「アカリ姫さまの父王から承った話です」

イブラは話し始めた。

「王が息を引き取られる時、私しか傍に居りませんでした。その時お聞きしたことを話します」

ここでイブラは小さく咳(せ)いて、フーッと長い息を出した。

「祖国から持ち歩いてきた木箱のことです。あれは今粗末な木箱に変わり果てていますが、元は黄金に覆われていたと聞いています」

イブラはイカリに寄りかかって話し続けた。

「あれは聖櫃(アーク)と謂(い)われる宝ものです。我らが王のご先祖はシバの女王が生んだあの偉大なソロモン王の子であります。この王子は、唯一人残っていたソロモン王の血の継承者であったため、神殿の大司祭から大切に保管されていた聖櫃を内密に譲り受けました。元の保管場所には聖櫃とそっくりな贋物を残したそうです。本物から金を剥ぎ取り贋物を覆ったのです。司祭は誰にも知られないよう王子を国外に逃しました。後の時代、この残されていた贋の聖櫃はネブカドネザル王の侵略で何者かに奪われ、また何者かによってエチオピアに持ち込まれました。今も聖地アクスムの祭壇で祭られていると聞きましたが、それは贋物です。ソロモン王の正統な継承者となった王子は、シバ女王の国エチオピアには帰らず、イスラエル北王国十氏族のうちの一氏族となりましたが、後にこの子孫は東方に一族と移住し国を建てました。また母の祖国エチオピアに戻った子孫もいました。エチオピア王メネリクさまはその系譜です。そのような子孫もいましたが、祖国エチオピアに帰らなかったソロモン王の正統な継承者の子孫が我らの王、つまりアカリ姫の父王です。

王が先祖から大切に引き継いできた聖櫃ですが、中に何が入っているかと申しますと……。

秦国の咸陽を出発する際、役人に中を改められた時に見た者も知る通り、我々はあの木箱の中に生活道具を入れ、その下に王の遺骨を入れて運んでいました。しかし、実は更にその下を誰にも分からないように細工して、宝物の本体の金属板を入れています。聖櫃の中にある宝物は、モーゼ聖人の十戒を刻んだ石版だと一部では噂されてきましたが、実際は金属板です。むかし王と共に中を改めた時に私も見たのですが、確かに金属でした。私達が見たこともないものです。表面は艶やかで光沢があります。現物は半アンマ角くらいの小さなものです。それと大変不思議なことなのですが、王が代々伝え聞かれたことによりますと、この板には大昔の秘密が隠されているといい、その秘密の全てがこの板に書き込まれているというのです。しかしいくら見ても何も記されてはいませんでした。またこの板は重くなったり軽くなったりするとも伝えられていると王は言われたのですが、それも判りません。王は亡くなられる時、次のように遺言なされました」とイブラは長い話を繋ぐ。

「東方からやってきた老博士から余は聞いた。はるか古時代(いにしえのとき)、知識は東方から海を越えて伝わって来たのじゃと。(あなたの先祖ソロモン、ダビデが治めていた王国も、その遥か昔は東の彼方から来たものじゃ。あなたの魂の根源は東の海の涯(はて)にある。東を目指しなされ、東へ行かれよ)と老博士は説いた。臨終の今、余の魂も東方を求めている。それで我が子孫には東への旅に立てとそれだけ伝えてくれ。行く先はおのずと神が指し示してくれよう。その旅には聖櫃を担いで行け。東の海のはてに永住の地を見つけたなら、そこに誰にも知られないように埋めよ。しかし一族の後継者には必ず口伝せよ。聖櫃は遥か後の時代に必要となる時が必ず来る。その時、我が一族に繋がる者の誰かがそれを見付けて役立てるだろう」

王の遺言についての話は終わった。そこでイブラは震える手をサルトに伸ばした。差し出されたサルトの手を握りながらイブラは力をふりしぼって話を続ける。

「聖櫃はヨシノの三つの山、その一番南側の山に埋めてください。今までこの地が安住の地になるという確信がなかったので、姫には、王の遺骨も聖櫃もしばらくそのままにしておきましょうと言ってきましたが、今は確信できますので埋めてもらいたいと思います」

イブラはかなり疲れてきたようだった。握る手の力も弱い。

「聖櫃は、誰にも知られないように地下に石室を拵(こしら)えて埋めてください。王の遺骨は、山頂付近に埋葬し石の標を置き、祠を建ててください。このイブラは、聖櫃の近くにでも埋めてもらえれば幸いです。王と共に聖櫃を守り続けたいと思います」

もし墓標を記すなら、王は櫃ケ岳大明神、この私は銅魔神とでもしてほしいとイブラは遺言した。

そのあくる日からは寝たままで、ほとんど食物を口に入れず、十日後に徐市の後を追うように他界した。

北の空には錨星(いかりぼし)が瞬いていた。

エピローグ

ヨシノの里には多くの人々が往来した。

住む人も増え、一族の者達の一部はヨシノカハを越え北へ移住していった。

山塊を越すと、そこは青垣が四方に廻る広大な湿地帯だった。多くの人たちが湿地の周辺に住み始め、先住の土人（くにびと）たちとの婚姻も増えていった。彼らに技術を伝えながら協力して干拓を進め生活基盤を築いていった。

この地を中心に自然とクニの形が整っていった。

アカリとサルトは人々から敬愛され、親しみを込めてアカリヒメ、サルトヒコと呼ばれた。

サルトの妻アカリに、もう一人の子が生まれた。また女の子だった。また、地元の村長（むらおさ）の息子と結ばれたスフラは男の子を産んだ。

土人（くにびと）の娘と夫婦になっていた犬戎の王子、イカリも男の子に恵まれた。イカリは咸陽から共に渡り来た仲間とともにヨシノに住み着いて、採鉱・精錬を生業とした一族を成した。

遥か大陸の西からやってきた古代王国の血が、東海の島国に今確かに伝わったのである。
ヤマトのクニのあけぼのであった。

【註】

（1）方士とは、道士ともいう。神仙術を行う道教指導者のこと。

（2）小篆とは、中国の古書体で大篆、小篆とある。その後に隷書、楷書ができた。

（3）良家とは、『史記』「李将軍列伝　第四十九」小川環樹・今鷹真・福島吉彦 訳（岩波書店）の注釈によれば、「医者・巫および商売人・工人でないものを良家とする説と、志願兵をいうとする説とある」と記されている。

（4）令史とは、令制では「司」、「監」などの中位官職をいう。

（5）弩とは、横倒しにして使用する大型の強力な弓で、足を踏ん張って両手を使って全身で引きしぼる。

（6）矛と戈は、「矛戈」と書いて、音読みは「ぼうか」だが、訓読みではどちらも「ほこ」と読む。日本では槍とでもいうべき柄の付いた長い武器。

（7）焚書坑儒とは始皇帝が行った思想統一政策のこと。医学・占術・農学以外の書物を没収して焼き、儒者で政府を批判する者は死刑と定めた。事実、前二一二年には不老不死の薬の製造・入手に失敗した術士と、始皇帝をそしった学者など四六〇人余を生き埋めにした。

（8）この時代の秦国では、すでに銜（はみ）や手綱は使われていたが、鞍や鐙（あぶみ）は未だなかった。しかし、後の時代にみられるよう鞍や鐙の原形は、西域ではすでに工夫されはじめていたと考えられる。

（9）方角が計れる器具＝羅針盤以前に、やはり磁石を利用して南方向を見る道具があったようである。磁石の性質を持つ鉱石を木に埋め込んだようなもので、水に浮かべて計ったと思われる。

（10）群県制を布く秦国では、郡の下に県、以下は郷‐里‐村（或いは亭）などとした組織だったようである。

（11）中国（秦）でいうところの胡神とは仏神（仏教）のことを指したようである。

（12）中原とは、中国黄河の中流域の平原。中国古代王朝はここで生まれ栄えた。

【注記】

●始皇帝（秦王瀛政）前二五九〜二一〇、前二四七年即位。

●徐市（徐福）前二七八?〜二〇四?、七十四歳?没。

『史記』「始皇本紀二十八年」

—齊人徐市等上書言　海中有三神山　名曰蓬萊方丈瀛洲。僊人居之。請得齋戒　與童男女求之。於是遣徐市発童男女数千人。入海求僊人。—

（斉人徐市等上書して言う。海中に三神山有り、名づけて蓬萊・方丈・瀛州と曰う。僊人之に居る。請う、斎戒して童男女と與に之を求めることを得んと。是に於いて徐市遣わし(て童男女数千人を発し、海に入りて僊人を求めしむ)

『史記』「淮南衡山列伝第五十八」

—徐福得平原広沢止王不来……—

（徐福平原広沢を得て王となり帰らず）

EPISODE II
丹生の姫巫女

●登場人物

ナカツヒコ（帯仲津日子大王）／天皇
オキナガヒメ（息長帯日売）（気長足姫）／大后（一族はヒメミコさまと呼ぶ）
ウチノタケル（建宇智宿禰）／大臣
イカツノオミ（烏賊津使主）／中臣氏系の神官
トヨ／丹生の姫巫女、豊耳の娘
カズラノオニト（葛鬼人）／葛城氏系の部将、大后の護衛隊長
オオトモヌシ（大友主）／大伴氏系の部将
モノノベノイクイ（物部胆咋）／物部氏系の部将
ホムタノミコ（品陀和気皇子）／皇太子
丹生首豊耳（にうのおびと・とよみみ）
ヤソグモ（八十蜘蛛）／熊野の犬飼
井頭（いのかしら）／丹生族年寄筆頭
タケフルクマ（建振熊）／オキナガヒメ子飼の武将
イサヒ（伊佐比宿禰）／敵軍忍熊王子側の武将

香椎宮（かしいのみや）

月明かりが僅かばかり、木々の枝葉越しに香椎宮の沙庭（さにわ）[1]を照らしていた。

ウチノタケル（建宇智宿禰）は審神者（さにわ）として傍らに控え、ナカツヒコ（帯仲津日子大王（たらしなかつひこおおきみ））は和琴（やまとごと）を奏で、神主（かむぬし）にはナカツヒコの正妃、オキナガヒメ（息長帯日売（おきながたらしひめ））がなり、群臣たちは三人を遠巻きにしてどのような神託が下るか息を潜めて見守っていた。

神殿前で北向きに一番前に額づいて瞑目し、真榊（まさかき）を手に小さく左右に動かしていたオキナガヒメが、やおら立ち上がると、その後ろに座って琴を弾くナカツヒコ、その横に跪いている審神者のウチノタケルの方を振り向いた。身体が大きくゆれている。神懸りし始めたらしい。

「我（われ）は大神なり。何用ぞ」

オキナガヒメの口から低い声音（こわね）が発せられた。

「かしこし大神、どちらの大神であられますか」

すかさずウチノタケルは審神（さにわ）する。

「我はこの大倭の天地を統べる神であるぞ」

「では大神、お名をお申しくだされ」

ウチノタケルは重ねて尋ねた。

「我の名はアマテラス・クニテラス・スメラオオカミである」

「かしこし、アマテラスオオカミ（天照大神）、失礼をお許しあれ。そして吾らが道をお示しされたし。大王は熊襲を討つといわれるがどうか」

ウチノタケルは続けて言い、うやうやしく叩頭した。

「何故にナカツヒコは熊襲を討つと言うか。その国は戦って討つほどの値打ちもない。それよりも西のほうに新羅という国がある、その国を討つが良い。そこはまばゆい程の金・銀・宝が山ほどある。我をよく祀るなら血塗らずしてその国を与えよう。熊襲もおのずと従うであろう」と大神は言った。

ナカツヒコは琴を引く手を止めた。そして神にこたえて言う。

「我は山に上り、西のほうを見渡しましたが、海ばかりで国などありません。何と嘘を言われる神であらせられる、いや神ではありますまい。分からぬことを言う女人であることか」

ナカツヒコは琴を傍らに押しやってしまった。

「我が今、見下ろしている国をなぜ国が無いなどと言うか。そう言うナカツヒコは、この国を治むる器ではなし。我が言葉を実行できないなら、一途に冥土へ向かうが良ろしかろう」

大神は大いに怒りを表わし、激しい言葉を吐いた。

大神が託した言葉を述べるオキナガヒメの目がキラリと光った。ウチノタケルはあわてて言った。

「おそれながら大王（おおきみ）、御琴を続けてお弾きください」

ナカツヒコ大王は気の乗らない風に、力なく琴を弾きはじめた。それを見てウチノタケルは神主の姫神子（ひめみこ）オキナガヒメをそっとうかがう。

オキナガヒメの手にした真榊が上から斜め下へ動いたのが目の端で見て取れた。

(合図だな、やむなし)

ウチノタケルはそっと目を閉じた。

しばらくして、琴の音が途絶えた。群臣の一人が松明（たいまつ）を持ってきて掲げた時は、琴を弾いていたナカツヒコはすでに事切れていた。

事件の後、人々は噂をした。群臣のある者は、（あれは無論のこと大神さまを疑われた罪じゃよ。それで恐れ多い事ながら大王は命を召されてしまった。大神さまを侮って許される訳は無い）と言い、又ある者は、（大王は熊襲に殺されなすった。それがしは近くに居て、羽音を確かに聞いた。お手当てをした舎人の話も聞いたのじゃが、大王のお背には深々と熊襲の矢が突き刺さっておったそうな）と言い、そして又ある者は、（いやいや、そうではないというぞ。大きい声ではいえぬが大王は誰かに殺されたのじゃ。矢で射られたことは確からしいが、熊襲の矢ではなかったらしい。意外なところに敵をお持ちだったかも知れぬ）などと言う。

この事件についてウチノタケル（建宇智宿禰）大臣は群臣を集めて、次のように説明をした。

「大王がお亡くなりになられたのは無念でならぬ。悲嘆の極みである。大神の祟りと思うが、ことによると熊襲かも知れぬ。我も大后さまも熊襲征伐は後でよいと申し上げていたのだが、大王は真っ先に熊襲を討つと仰せであったからの。それで奴らは恐れ多くも大王をつけねらっていたと考えられる。いずれにしても大王の喪は伏せよう。人民に知らしめても良くはない、熊襲の反乱も心配ゆえにな。葬儀は後日折をみて執り行おう」

そういうと、秘密が漏れないよう宮中を兵士に守らせ、大王の遺骸をこっそり棺に入れ、ウチノタケル大臣が自ら護送して海路で穴門に移し、豊浦宮で灯火をかかげずに仮葬した。穴門から帰ったウチノタケルは大后に相談して国中から幣帛を集めて奉り、あらゆる罪穢れを祓うための大祓えの儀式を行った。その年（仲哀天皇九年）春二月のことである。そしてまた、河内国錦部郡小山田邑に斎宮を造るよう使いを出した。

三月に入り、オキナガヒメは吉日を選んで再び香椎宮の沙庭に入ると、自らは神主の姫神子となり、ウチノタケルが琴を弾き、イカツノオミ（烏賊津使主）を審神者として、改めて神託を請うたのである。

冬十月、新羅征討の船団が整うと、天照大神の託宣どおり神々をお祀りして、男装したオキナガヒメの率いる大軍団は、舳先を揃えて新羅へ向け出航した。その様子を古事記はこう伝える。

……かれ、つぶさに教え覚したまひし如くして、軍を整え船なめて渡りいでましし時、海原の魚大小を問わずことごとに御船をせおいて渡りき。ここに順風いたく起りて、御船浪のまにまにゆきつ。その御船の波、新羅の国に押しあがりて、既に国の半ばに到りき。

ここにその国王かしこみて曰さく、「今より後、天皇の命のまにまに御馬飼として、毎年に船なめて船腹乾さず、さおかじ乾さず、天地のむたたゆむことなく仕え奉らむ」と曰しき……（『古事記』次田真幸・訳注）

このときオキナガヒメは、先の天照大神の託宣どおり、男子を懐妊していたのであった。十二月、新羅より凱旋して、筑紫で王子を出産した。後のホムタワケ（品陀和気）大王である。

新羅征討の翌年二月、オキナガヒメは王子とともに群臣・軍卒を率いて穴門の豊浦宮に遷った。大王の遺骸を収めて大和に帰還するためである。

船団を整え海路、大和へ還ろうとして明石まで来たとき、

「大臣に申し上げます。香坂、忍熊の王子が謀反を起こそうと謀っています」とイカツノオミがウチノタケルに注進にきた。

この二人の王子は、ナカツヒコ大王が、叔父の彦人大兄の娘大中媛を后として生ませた子で、ホムタワケ王子（のちのホムタノミコ）の異母兄達であった。

彼らからすると、（先の大王が死に大后は新羅征討を成して、新たに王子を生み、群臣

は皆従っている、いずれ我らは亡き者にされるだろう、それなら一戦交えてやろう）と思うことは十分考えられる。

ウチノタケル大臣から報告を聞いた大后のオキナガヒメは、

「大王の御子たちとは出来るだけ争いたくはない。兄たちとはいえ、太子となる我が王子を立てて仕えてくれれば、よろこんで迎えもしようものを」と残念そうに言う。

群臣たちが周りで静かに聞いている。

「しかし大后、彼らは先の大王の御子とはいえ、吾らに敵対しようとしているのですぞ」

とウチノタケル大臣は、とんでもないことだとかぶりを振って言った。

「今は争いたくはない。神のご意志をうかがってからのことにしたい」

オキナガヒメは考えていた。

（今すぐには戦うべきではない。新羅との戦争で兵も疲れているし、勝ったとはいえ兵員も損ねている。軍備も満足な状態ではない。それに比べ、彼らは準備を整えて待ち受けているだろう。戦力的にも現時点では彼らが上かも知れない。それに香坂、忍熊の二人の王子に心を寄せる者も多くいる）

そう考えるとすぐには行動できない。オキナガヒメは続けて言った。

「大臣は王子（みこ）をお守りして迂回し、南紀から大和への道をとってくれませぬか。我は途中で分かれて、神々をお祀りしながら行きたい。また和泉国から河内国にも立ち寄りたいと思う」

主力の船団をウチノタケルに任せたオキナガヒメは、中臣のイカツノオミと吉野丹生のトヨを連れてカズラノオニト（葛鬼人）の率いる軍船に乗り込んだ。

一方、大臣のウチノタケルは王子とともに、オオトモヌシ（大友主）、モノノベノイクイ（物部胆咋）らの軍船を率いて、紀伊への航路をとっていた。

天野宮

オキナガヒメは明石から難波への航海の途上、丹生の姫巫女（ひめみこ）トヨにかかった神々の命ずるまま、摂津国広田に天照大神の荒魂（あらみたま）を、同じく活田長狭（いくたながさ）に稚日女尊（わかひるめのみこと）を、また長田には事代主命と、次々に神々をお祀りし、香坂（かごさか）、忍熊（おしくま）両王子が待ち伏せしているという難波の津へは寄らず、大きく西へ迂回して和泉国へ向かう。
目的は河内国錦部郡小山田邑の斎宮へ入るためであった。昨年の二月、穴門豊浦宮より使いを出し斎宮を造るよう命じてあり、このほど完成したとの知らせが届いていたのだ。

和泉国大鳥郡の逆瀬川の上の辺りに上陸すると、土師（はにし）のハニシノスグリ、丹比（たじひ）のハニウノスグリらが迎えた。いずれも丹生族ゆかりの邑長（むらおさ）たちである。

「ヒメミコ（日売皇女）さま、ようお越しなされました。我らが案内仕ります」

彼らは口々にそう言った。彼らはオキナガヒメのことをいつも「ヒメミコさま」と呼んでいる。

「久しぶりに世話をかけます、よろしくたのみます」

オキナガヒメは笑顔を見せていう。

「ヒメミコさま、ご覧なされませッ。虹でございます」

ハニシノスグリらが指す方を見ると見事な虹が、今遡上してきた西方の逆瀬川から南方にかかっている。東からの日光を受けてくっきりと浮かび上がっていた。

「ホウ、見事な虹よのぅ」

オキナガヒメは言い、皆もため息をついて見とれた。

「ヒメミコさま、これは瑞祥でございます。もしや、王子さまがお生まれになったのでは」

今度はハニウノスグリが言った。

「まるで王子の誕生を天地が祝福しているかのようでございます」

今度はイカツノオミが言った。

「おめでとうございます」

皆が声を揃えてお祝いの言葉を述べた。

「ここは何という処じゃ？」

「ここは、騰陀（ほむだ）という地です」

「ホムダとな。そうだ、このめでたい地に因んで王子の名は、ホムタとしよう」

この場合の名は綽名（あだな）である。古来より本名（諱（いみな）名）は、神々と両親（特に実母）と本人しか知らない秘密で、みだりに呼ぶものではなかった。例えば気長足姫命は和風諡号、神功皇后は漢風諡号といわれており、死後におくり名されたもので実名は不明である。


オキナガヒメの一行は、スグリらの先導で東へ向かった。

この道は和泉国から陸路、河内国を通り葛城山の水越峠を越えて大和に入る道筋で、以前より利用しているので道は分かっているのだが、彼等はいつも迎えに来ては道中も案内に立つのだ。一行は大鳥郡高志郷から陶器郷、そして上神郷(にわ)を通り、河内国錦部郡へ向かう。道中、カズラノオニトは彼らと話しながら歩いた。和泉国や河内国の香坂・忍熊勢力の様子を聞くためだった。

聞くところによると、河内国北部はすでに忍熊王子の勢力圏に入っているという。大和国も北部は忍熊勢で満ちているらしいが、噂では香坂王子は命を落としたともいう。

カズラノオニトはオキナガヒメに報告した。

「香坂、忍熊の王子は葛城・生駒の山の麓までもう抑えているようです。これより先、東へ行くのは危険です」

香坂王子が命を落としたらしいとの事は噂なので伏せておいた。

「心配は無用です。分かっています」

そう言ってオキナガヒメは話を打ち切ると、イカツノオミを呼ぶように命じた。イカツがまかり出ると

「イカツよ、明日は三月朔日(ついたち)じゃな。用意はできていましょうな」

「はい、小山田邑斎宮での宇気比の準備は整っています」とイカツは答える。

「そう、ご苦労です。分かっていましょうが、いつもの通りイカツには審神者をたのみます。琴は丹生のトヨにやらせますゆえ、そのつもりで。勿論、神主は我がなります」

オキナガヒメは口元に少し笑みをたたえ、静かにイカツに命じた。


大鳥郡上神郷上神谷のハニシノスグリの館で一夜を明かした一行は、未明に出発して錦部郡小山田邑へ向かった。

小山田邑に入ると小高くなった天野の地に向かう。そこは天に開けた高台になっていて、北の方には杜があり、以前は磐座があって小さな社もあったという。その社ではこの地の土師部、丹比部、壬生部らが住吉明神をお祀りしていたそうなのだが、彼らの薦めもあってそこに新しく斎宮を建て、新たに天照大神をお祀りし、併せて住吉明神を相殿としたのだった。

日の出前に天野へ着いた。もう辺りは明るくなり始めていた。山々は木々の緑が芽吹き始めている。小山田邑天野の斎宮は西側の麓からを表参道とし、急な石段が神殿へ続いている。一行はその石段を登り、地元の人にタカマノハラと呼ばれている神殿のある高台にでる。神殿は西向きに建てられていて、その真後ろから日輪が顔を覗かせるところだった。真新しい神殿は後光に映え、一行は思わず手を合わせて叩頭した。全員が東を向いていた。神殿の向こうには真正面に葛城山が聳えていた。この山の向こうには大和国がある。それぞれが大和に思いを馳せた。

イカツノオミが宇気比の用意ができた事を告げに来て、オキナガヒメは丹生のトヨとイカツを従えて斎宮に入った。神主はオキナガヒメ自らがなり、審神者はイカツ、琴はトヨが受け持つ。

神殿前の沙庭で宇気比が始められた。

丹生のトヨが琴を弾き始めるとしばらくして、オキナガヒメは神懸（かみがか）りした。ずいぶんと早い懸かり方である。長いときは懸かるまで何日も要ることがある。稀には懸からないことすらある。トヨは霊力がよほど強いらしかった。

オキナガヒメの身体が大きく前後に動いている。目がつりあがり、表情は険しい。

「我が大神なり。何用ぞ」

神懸りしたオキナガヒメが言う。

「恐れながら、大神、お名をお聞かせください」

イカツがすかさず審神する。

「我はアマテラス・クニテラス・スメラオオカミなり」

「かしこし、我が大神、されば、我らが敵、香坂、忍熊を討つすべをお示しください」

「分からぬ。すべなし」

「大神、今一度お尋ねします。香坂・忍熊を討つすべのお示しを」

イカツが問うも神は答えず。

トヨが傍らから琴を弾きながら神に問う。

「失礼しました大神。我らは戦を好まず、戦を避けるすべをお教えください」

「配下として使ってやればよい」

やっと大神は答えた。

「それが大神、彼らは兄が弟の下にはなれぬと申します」とトヨ。

「されば、捨て置け」と大神。

「彼らは兵を仕立て、我らが大后の王子に挑もうとしています」トヨが言う。

「捨て置けぬ、国が乱れる元となる。誅(ちゅう)さねばなるまい」と大神は言われた。

「勝てましょうか」とトヨが問う。

「前に申したとおり、大后の王子は全ての国を治める大王となる。負けるはずはあるまい。南から攻めよ。助けがあり必ず勝てる」

大神の語気が荒くなり始めた。

「今ひとつ、勝てる策をお授けください」重ねてトヨが問うた。

「敵の王子一人はすでに死んだ。残るは一人じゃ。斬れ」

大神はそれっきり黙ってしまった。宇気比が終わり、イカツが聞いた託宣の内容をオキナガヒメに報告をしていると、丹生族の使者が来た。

「ヒメミコさまに申し上げます。香坂王子が死にました。それで弟の忍熊王子が必ずこの仇は討つと、河内や難波の国では敵の兵があふれています。すぐにでもここを引き上げて船で南紀に向かわれますよう」

「やはりそうか。夕べ香坂奴が猪に喰い殺される夢を見た。ほほほ、そうでしょう、そうでしょうとも」

オキナガヒメは機嫌よく言った。

「しかし、ヒメミコさま、油断はなりませぬ。早くこの地を去り、紀伊へ廻って太子さまにお会いになり、熊野の山越えで出来るだけ早く大和に還り、軍を整えて忍熊王子を討たねばなりません」

カズラノオニトは力をこめて言った。

「心配はいらぬ、我らが勝ちじゃ。慌てることはありませんせん」

オキナガヒメは慌てて戦いを挑む不利を知っていた。そして、敢えてゆっくりと振舞っているのだった。

「この宮もほんによくできている、ぶらりと見て廻りましょうかの。オニトよ、ついて来よ」

オキナガヒメはカズラノオニトをつれて神殿の裏のほうへ歩いていった。そして歩きながら言った。

「お前は葛城の鴨であったの」

「はい、ヒメミコさま。吾は高尾張邑の生まれであります」

「我の母も葛城の女での、互いに葛城に縁の者同士じゃ」

オキナガヒメは言い、さらに続けた。

「ところでお前は大王（おおきみ）に目をかけられ、近衛（このえ）の頭まで取り立てられた頃から、香坂、忍熊の二人の王子にも慕われている間柄じゃ。今は我の部将をしているが、彼らを討つのは忍びないであろうの」

「お二人の御子には生きていただきたいとは思いまするが、敵対する以上は仕方ありませぬ。覚悟は出来ています。今、吾はヒメミコさまに従うのみです」

そのときだった。いきなり「ピュー」と羽音がした。

「あッ」と叫んでカズラノオニトは跳躍する。身を挺してオキナガヒメを庇い、自分の身体で包み込むようにして、折り重なって倒れた。カズラノオニトの肩を一本の矢が貫いていた。

「ヒメミコさま、お怪我は！」

カズラノオニトはオキナガヒメを抱き起こしながら怒鳴った。

「誰か居らぬか、敵だ、追え！追うのだッ」

近くにいた衛士はすでに気づいていて、バラバラと賊を追っている。

オキナガヒメには怪我はなかった。向こうの方の気配では、どうやら賊を捕らえたようである。両の腕を捩じ上げるようにして、衛士達が一人の男を連れて来た。気骨のある男らしく、目は怖気ずにこちらを睨みつけている。死を覚悟で単身のりこんできたらしい。

「なんだ、お前か」

カズラノオニトは男を見て言った。

「ふんッ、オニトだな。裏切り者め。大王さえ生きておられれば香坂王子が太子さまじゃ」

昔よりの顔見知りだったらしい。

「大王が大神を侮(あなど)られたのがいけなかったのじゃ」

「うるさい！　早く儂(わし)を斬れ」

「むろんじゃ」

カズラノオニトは、賊を捕えている衛士たちに腕を放すように命じると、剣をぬいて振りかぶった。

「ま、待てッ」オキナガヒメが制した。

斬(ざん)ッ！　血しぶきが舞った。渾身の力を込めた大剣はすでに振り下ろされていた。

賊の男は崩れ落ちた。

まるで自分の迷いを振り切るかのような、凄まじいカズラノオニトの一撃だった。返り血をあびたカズラノオニトは、自分の肩の上部を貫いている矢の鏃（やじり）の首をへし折ると、反対側の矢羽を握って無造作に引き抜いた。あふれた血が上衣を濡らした。カズラノオニトの目はうるみ、涙が頬を伝って落ちた。

（オニトめ、なぜすぐに斬るのじゃ。賊には吐（は）かせねばならぬことがあるものを）

オキナガヒメは小さく呟いたが、すぐさま、

「さぁ、皆の者、出発じゃ。長居は出来ぬ」

オキナガヒメは大きな声で号令した。

東方の葛城山は日を浴びて青々と輝いていた。陽はもうかなり高くなっている。

傍らでは、波波迦（ははか）[2]（朱色花桜）がほころび始めていた。

日高軍評定

和泉国大鳥郡の逆瀬川に泊めておいた軍船へ戻ると、急いで出航の準備をして、川を下り、海に出ると、すぐに帆をあげ南紀へ向かう。

日高川河口の大津でオキナガヒメはウチノタケルと落ち合うことになっていた。生まれて日の浅い王子のことが気掛かりだった。

オキナガヒメとカズラノオニトらの一行を乗せた船は、遠く左手に陸地を見ながら南下した。右手西方に淡路の島が見える辺りの大小の島々の間を抜け、岬を廻り込むと紀ノ川の河口はすぐ近くだった。紀ノ川を遡上すればヤマトは近いのだが、それだけはできなかった。紀伊国はヤマトの支配が完全には及んでいなかった。交流はあるのだが従属国になっている訳ではない。紀王は誇り高く、軍団は強く、敵にまわすと手強かった。その紀王が忍熊王子と手を組んでないとは言いきれないので紀ノ川は通れない。

陸地から大きく離れた西の沖を更に南下、有田沖をさらに行き、日御崎（ひのみさき）を過ぎると追い風となり船足が速くなった。ようやく日高川の河口近くまで来た。この辺りにウチノタケルが率いる船団が待っているはずである。そのまましばらく行くと遠くに帆柱が見えてきた。かなりの数である。帆は上げていない、碇泊しているのだ。用心しながら近づいていくと、向こうも気づいたのか赤い旗が左右に二度ずつ振られた。合図に間違いはない、ウチノタケルらの船団だった。

すぐ横に着け船べりを合わせると、ウチノタケルらがオキナガヒメの乗っている軍船へ移ってきた。乳母（めのと）らしき女が王子を大事そうに抱きかかえている。

「ヒメミコさま、お待ちしていました」

ウチノタケルもいつからか「ヒメミコさま」と呼び始めている。

「大臣（おほおみ）、ご苦労でした」

「王子さまはたいそう元気ですぞ、乳母も良い女が見つかりました」

ウチノタケルが目配せすると、乳母は王子をオキナガヒメに差し出した。

オキナガヒメは愛しそうに王子を抱きかかえると、そっと頬をよせた。

「ミコよ、元気かえ。おお、笑った、笑った」

オキナガヒメは微笑んだ。

「大臣、王子の名はホムタとしました。ホムタノミコ（品陀和気皇子）です」と言うと、もう一度頬ずりをした。

母に戻ったのはほんの少しの時間だけだった。すぐに乳母に王子を戻すと、

「大臣、すぐ軍議を始めよう、誰かヌシとイクイを呼べ」と言い、続けて、

「イカツにオニト、そしてトヨ。お前達も一緒に来よ」

傍らに控えていた三人に言った。オキナガヒメは先にたって船上の屋形へ入っていく。

三人は大臣の後に続いた。屋形に入ると床にあぐらをかいて座る。後から来たオオトモヌシとモノノベノイクイも入り口付近に座った。

「謀反の忍熊を如何に討つかだが、皆はどう思うか」

オキナガヒメは言った。

「いやいや、その前に大臣に話さねばならぬ」と続けて言う。

「我は彼らを討つに忍びず、天野宮で宇気比（うけひ）をして、戦を避けるすべはないかとお尋ねした。そう致したら大神は言われた。我らが王子は、全ての国を統（す）べる大王になられる方じゃと。その王子に刃向う者は国を乱す元になる故、殺せと。はっきりそう言われたのじゃ。そうであったの？トヨにオニト」

「はいッ。その通りでございます」

二人は声を合わせて答えた。

「尤（もっと）もな御神託です」

ウチノタケル大臣は答えていう。

「それに、香坂は死んだ。そこで相談じゃ。我らはこれからどうするか。どの道を還り、どう攻めるか、どう思う？」

オキナガヒメは六人の顔を一人ひとり見ながら聞いた。

「大臣からまず考えを述べてくれませぬか」

オキナガヒメはウチノタケルに意見を求めた。

「吾(あれ)は紀ノ川を遡りヤマトへ入り、態勢を立て直して一気に殲滅すればよいと思います。まず、紀ノ川の河口まで戻り、紀王に協力を求めて紀ノ川を通行させてもらうのです。この川を遡ればヤマトの宇智郡まで楽に行けます。そこまでいければ吾等(あれら)の味方は大勢いる。それで大軍勢に仕立て直して敵を一気に攻撃しましょう」

「紀王の心が知れぬ、協力するかに見せて、吾等に襲い掛かるやも知れぬ」とオキナガヒメは思案顔になった。

「いや、心配はないと存じます。吾等が紀ノ川尻沖の海を通過した際、黙認してくれました。気付いていない訳はない。それから見ても敵対するとは思えません」

「大臣、それはただの日和見(ひよりみ)じゃ。ヌシはどう思う？」

オキナガヒメは次にオオトモヌシに聞いた。

「吾は大臣と同じ考えにございます」

「イクイはどう思う？」同じく今度はモノノベノイクイに聞いた。

「吾も大臣の言われる通りだと思います」

「イカツはどう思うぞ、やはりお前も大臣と同じか？」

オキナガヒメは向き直って次はイカツノオミに聞いた。

「吾は紀ノ川を通るのはやはり危険だと思います。ここから日高川を行けるところまで遡り、そこからは陸路で尾根伝いに竜神邑から遠つ川へ出て、吉野の郡、丹生古田の里に出て丹生川に沿って下り、宇智郡に出て、そこで新たに兵を募り一気に北上すればよいと思います」

イカツノオミは慎重だった。

「オニトはどう思うぞ」

オキナガヒメはカズラノオニトに聞く。

「分かりませぬ。吾はただヒメミコさまに従うのみです」

「トヨ、お前も考えを述べてくれぬか」

「はい、ヒメミコさま。トヨはかように考えます。途中まではイカツさまと同じでよろしいかと思います。日高川を遡り、丹生古田の里までは一緒ですが、そこからが違います。丹生川に沿って下ると、吉野川に注ぐ川尻から北が宇智郡ですが、そこはヤマトと紀伊の国境でやはり危険だと思われます。丹生川沿いに下るのではなく、逆に遡る方が安全です。それも川筋沿いに上るのではなく、尾根伝いに川上の方へ攻め上るのです。白銀岳小竹宮(しののみや)に吾らが一族の主だった者を集めます。そこで作戦を練っていただき尾根伝いに北上し、秋つ野あたりに降りて全軍をまとめて押し出すという手は如何でしょう」

「トヨよ、ずいぶん周到な計画じゃな。それは誰の考えじゃ。トヨ、お前ではなかろう」

「はい。これは吾らが主(あるじ)、丹生首(にうのおびと)の考えであり、吾らが一族の総意でもあります。吾ら丹生一族はヒメミコさまとホムタノ王子さまに賭けています。吾らは命に代えてお二人をお守りし、吾ら一族の戦える者は皆武器を取り加勢します。ヒメミコさま、どうかこのトヨをお信じ下さいませ。トヨは首(おびと)から『必ずお連れ申せ』ときつく言い付かっています」

「しかしトヨ、お前はこの日高から道案内ができるのか?」

「はい、無論のこと。吾もできは致しますが、先導の山伏をこの日高に呼び寄せています。今これに」

トヨは言い、片手を上げると大きな声で呼んだ。

「ヤソグモ、これへ！」

すぐに屋形の外で声がした。

「ヤソグモはこれに控え居りまする」

低いが良く聞こえる声音だった。みると黒装束のいかつい男が、屋形の外の甲板で平蜘蛛のように叩頭している。

「ヒメミコさま、やつは熊野や吉野の山々を駆け回っている犬飼(いぬかい)です。信頼できる者です」

オキナガヒメは彼の方を一瞥(いちべつ)すると屋形の中から声をかけた。

「ヤソグモとやら、よろしくたのむぞ」

オキナガヒメはもう、トヨに任せようと決めたかのようだった。

「大臣、我はトヨの進言をいれて、丹生者を頼ろうと思う。大臣の父(かそ)は紀国縁の人ゆえ、今も紀王と通じない訳ではないとは思うが、この度は用心をして山越えとしよう。忍熊征討の暁には、ヤマトに帰順するよう大臣の伝手(つて)で紀王の懐柔をはかって欲しい」

ウチノタケル（建宇智宿禰あるいは武内宿禰とも）の父は、紀国のウジヒコの娘が生んだ子で、幼年期に大和宇智郡にきた。子供の頃から暴れ者でならしたが、成人してからは勇猛さに加え思慮深く、近隣の評判となり、ウチノタケシ（宇智猛）と呼ばれていた。時の大王オオタラシヒコは彼を認め、宿禰の姓を賜り重用した。人々は「タケシウチノスクネ」または「ウチノタケルノスクネ」と呼んだのである。これが初代であり、今はその二代目（建宇智宿禰）となり、大臣（おほおみ）でもあった。

「大臣、仔細はトヨに聞き、皆への指図を頼みます」

「分かり申した。では早速出立の準備を致しましょう」

軍評定はオキナガヒメにより決定された。決定したとなれば行動が急がれる。

「それではトヨどの、儂（わし）の船へ行こう」

軍議の面々はそれぞれの持ち場に戻っていった。

小竹宮（しののみや）

三月二日朝、ウチノタケルの号令は全軍に行きわたった。

軍団は急にあわただしくなった。水夫（かこ）は忙しく立ち働き始めた。帆を上げ、櫂を操り、棹をさす。川の遡上は帆走だけではとても無理なのだ。ウチノタケルの船を先頭に、一列になって日高川を喘ぎ喘ぎ上っていく。二艘目にオキナガヒメの乗船が行く。しんがりがオオトモヌシの船だった。

しばらく行くと流れが速くなり、進まなくなった。

水夫のほとんどが船を下り、軍兵の大部分も船を降りる。川岸より引き綱で船を引くためだった。両岸から引ければ良いのだが、足場が悪くたいてい片側からしか引けない場合が多い。それも出来なくて川中に入って引くこともある大変な重労働だった。

めいめいがそれぞれの船を必死で引くのだ。

岩が多くなり流れはますます急で、もう遡れないギリギリのところまで来てからオキナガヒメをはじめ、将士らが船を降りた。そこからは陸路だった。

廻船させるため水夫の全員と一部の将士を残して船と別れた。

最初の本陣は吉野白銀岳・小竹宮と決めている。船を離れてからの初めての宿泊地予定は龍神邑である。そこまでは一日で行かねばならない。かなりの強行軍である。ヤソグモを先頭に尾根伝いの道をわき目もふらず進軍した。道が細いので一列になって歩く。尾根伝いの道はともすれば水不足に悩まされるのであったが、要所要所には水の用意がしてあった。ヤソグモ配下のものが動いているらしかった。

陽がおちてしまった頃、やっとの思いで龍神邑に到着した。夜間の行軍は無理である。オキナガヒメらは邑長のタツノスグリの家で一泊した。ここから先は完全に丹生族の支配地といっていい。安心して休める。邑には温泉が湧出していて、久しぶりに汗を流した。

軍兵らも温泉に浸かった後、丹生の杜などで野営した。


三月三日、まだ暗いうちに出発した。遠津川を通り、一路白銀岳を目指したが、途中平谷邑辺りで夜となり岩陰などで全員が野営した。

三月四日、やっと丹生古田の里に着いた。全て尾根伝いの道ばかりであった。

古代の道はすべて尾根伝いに発達したと思われる。平地ならまだしも、山岳部は山の斜面を切り開いて道を作るのは容易ではなかった。川に沿って道が作られたのはもっと後の時代である。川の近くほど斜面は急で雑木も多く、山の斜面を削り取るのは困難であった。険しい山ほど屋根筋の方が樹木も少なく歩きやすいものである。

古田の里の南、櫃ケ岳まで来た。この辺り一帯はいたるところで赤茶色の丹土が露出していた。足元に転がっている石ころも朱色を含んでいる。ここは「その山に丹あり」といわれた辰砂の産地なのだ。丹生の一族は水銀朱の採取と精錬が生業である。そもそも丹生とは丹の生産地を意味する言葉だった。

山頂まで来ると、そこはちょっとした広場になっていた。

オキナガヒメはウチノタケルと、この山の北の端の木立の切れた見晴らしから、前方を見渡していた。隣にはホムタノ王子を抱いた乳母もいた。トヨはそのすぐ後ろへ来た。その横には、ヤソグモが控えている。トヨが前方を指差して言った。

「ヒメミコさま、あの山が小竹宮のある白銀岳(しろかねだけ)です」

「おお、やっと着いたようじゃの」

「あれが白銀岳か、とするとその向こうに見える山は黄金岳(こがねだけ)ですな」

ウチノタケルが言う。

「はい、一番北の黄金岳からこの櫃ヶ岳まで、金・銀・銅と連なり、人々は吉野三山と申しております」

この吉野三山は神の住む山として丹生一族が特別尊崇している山であった。

見晴らしから戻ってくると白銀岳・小竹宮から迎えの者が来ていた。迎えは丹生首(にうのおびと)が寄こしたらしい。

「ヒメミコさま、小竹宮から迎えが来ております。そろそろ出立致しましょう。もうすぐそこでございます」トヨは遠慮がちに出立を促した。

小竹宮は白銀岳の山頂にあった。山頂にしてはかなり大きな広場となっている。北側ほど高くなっていて奥から、神殿、拝殿と建てられ、左手西側にも建物があった。広場には丹生一族の主だったものが迎えに出ていた。オキナガヒメを先頭に正面へ進んでいくと、全員が跪拝した。

「ヒメミコさま。ようお越し下されました。お疲れでございましょう」

中央の温和な表情の老人が進み出た。

「それがしが吉野首、丹生の豊耳（とよみみ）でございます」と老人は続けて言う。

「それがしの隣は井頭（いのかしら）といい、ほかは井光（いひか）の年寄りどもでございます。まずはひと時、お休みくださりますよう」

豊耳と名乗った老人はさらに続けて言った。

「ヒメミコさま。大臣さま。ご安心なされ。吾らは命を賭けてホムタノ王子さまにお味方しますぞ」

豊耳は誰に聞いたか、もう王子の名を口にした。

丹生の盟約

その日のうちに白銀岳小竹宮（しろかねだけしののみや）の神殿前広場に、吉野で初めての本陣が設けられた。大臣のウチノタケル、部将のオオトモヌシ、モノノベノイクイ、カズラノオニトら軍議に参加する者達が集まってきて、オキナガヒメを中心にして軍評定が始まった。中臣（なかとみ）のイカツノオミ、丹生の豊耳（とよみみ）や、トヨも同席していた。

その時であった。今まで晴れていた空がにわかに暗くなり、まるで夜のようになった。空には暗雲が垂れこめている。

「どうしたのだッ」口々に皆が叫んだ。

「これはどうしたことか？」オキナガヒメは豊耳に質（ただ）した。

「このような変事を、阿豆那比（あづなひ）の罪というそうでございます」

すかさず答えたのは年寄り筆頭の井頭（いのかしら）だった。

オキナガヒメが祈ると昼の明るさに戻ったが、黒雲は上空に残ったままだった。

軍議は中止され、すぐに宇気比（うけひ）をすることになった。小竹宮の神殿には丹生の祖神、波宝神（はほのかみ）が丹生大明神として祀られている。その神殿前の沙庭（さにわ）に宇気比の準備がされた。神主（かむぬし）にはトヨがなり審神者（さにわ）は豊耳、琴は井頭が弾いた。この宇気比は丹生族の主導で行われた。トヨに懸った丹生大明神は次のような意味のことを言った。

阿豆那比の罪とは、二社の祝（はふり）を一緒に葬っている罪のことである。何処かでこのようなことがあったはずである。このことに限らず神につかえる者は、同じ所に葬ってはならない。それぞれが生まれた土地に葬らなければならない。つまり、それぞれの神にはそれぞれの土地がいる。というようなことだった。

井光（いひか）の年寄りに聞くと、

「天野（あまの）と小竹（しの）の祝を同じ土地に合葬したことがあったように思う」と言う。

すぐ人を遣わして墓をあばいてみた。するとその通りだった。すぐに棺（ひつぎ）を改めて別のところに埋めた。すると黒雲は去った。

「この地は何という邑か？」とオキナガヒメが聞く。

「安場（やすば）と申します」と年寄りが答えると、オキナガヒメは豊耳に、

「これからは夜中（よなか）と改めるが良い」と命じた。


この宇気比でオキナガヒメは感じることがあった。ウチノタケルを小竹宮の別室に呼んで意見を聞いてみた。

「先の宇気比のことですが、大臣（おほおみ）はどう思いますか」

「ヒメ、あれはよくよく考えねばならん。丹生の者らはこの戦に一族の命運をかけている。我らも彼等に酬いねばならん、何らかの保障をしなければなるまいな」

二人だけになると、いつもオキナガヒメは丁寧な言葉を使い、逆にウチノタケルは鷹揚になる。

「やはりそうですか。土地が欲しいということですか」

「その通り、もっと広い神域を与え、身分も保証してやらねばならんだろう。それと丹生大明神の扱いだな。これが一番の問題となろうな」

オキナガヒメは、なるほどと思い、考え込んでしまった。

しばらく考えてから、腹が決まったかのように言った。

「今夜、宇気比をします。神主は我がなりましょう」

「それが良い。それでは我が審神者（さにわ）をやり、イカツに琴を弾かせよう。軍議は後でよろしかろう」

夜になり、先と同じ神殿前の沙庭で宇気比が始まった。

神殿前に額づいたオキナガヒメは瞑目していた。琴はイカツノオミが弾いている。審神者のウチノタケル大臣はオキナガヒメが神懸りするのを待ち続けた。

少し時間がかかっているようだ。ほかの者達は遠巻きにして、月明かりがほのかに照らす沙庭をじっと見つめて、息を潜めていた。

真榊（まさかき）を小さく振りながら、何かを口の中で唱えていたオキナガヒメはすーっと立ち上がった。そして身体を揺らしながらくるりとこちらを向き直り、身体が大きくなったかのように格好をつけた。やっと神懸りしたらしい。

「我は大神なり。何用ぞ！」

オキナガヒメの口を借りた大神は居丈高に言い放った。

すかさずウチノタケルが審神する。しばらくやり取りが続いた。天照大神らしい。神名を確認した後は尋ねにかかる。

「かしこし大神、忍熊王子との戦、勝てましょうか？」

「勝てる。丹生の者どもの力を借りれば勝てる」

大神は答える。

「大神、我らが将軍は誰がよろしいか？」

「タケフルクマがよかろう」と大神。

タケフルクマ（建振熊）とはヤマトに残している留守居役で、オキナガヒメ子飼いの部将だった。

「大神、敵の将軍は誰でございましょうか？」

「それはイサヒである」と大神は答える。

敵軍の忍熊王子が一番頼りとしている伊佐比宿禰のことである。

「大神、作戦をお授け下さい」

「しらぬ、……」大神は答えない。

「大神、作戦をお教えください」ウチノタケルは重ねて問う。

「しらぬ、が勝てる、信じよ」

それきり大神は黙ってしまった。イカツノオミが弾く琴の音は少し大きくなった。ウチノタケルは話を変えた。

「恐れながら大神、丹生大神をご存知か」

「よくは知らぬ」大神はそっけない。

「かしこし、大神。この戦で丹生大神の助けを借ります」

「我よりほかに大神がいる筈はない。……名を変えよと言え。丹生の女神ゆえ『丹生つ姫』とな。我の妹(いろも)にしてやろう」

オキナガヒメの口を借りた天照大神はことさら強く言い、さらに続けた。

「この戦、勝ちたる後は、丹生の者どもの身分を保証し、充分に神領を与えよ。吉野は神の坐(いま)す地である」

「かしこし、大神。悉皆(しっかい)承りました」

ウチノタケル大臣は沙庭で平伏した。

宇気比を終えるとウチノタケルは、神懸りの解けたオキナガヒメに内容を報告した。

すぐに軍議が再開された。

オキナガヒメは、宇気比の結果を改めて軍議の席で示し、その通り決定した。その後の軍評定は早かった。まず、山邊（やまのべ）のタケフルクマを将軍とする。ヤマトの各地から味方を糾合して、磐余（いわれ）の蛇穴（さらぎ）で集合。大軍団を仕立てて一気に北上し、宇治辺りで決戦しよう、という事となった。その夜のうちに、オキナガヒメの名でタケフルクマに使者が出された。同時に援軍要請の使者を各地に飛ばした。

あくる朝になり、小竹宮を去るにあたってオキナガヒメはウチノタケルと共に豊耳に会い、礼を述べた。

「豊耳どの、世話になった。これは新羅の王から手に入れたものじゃ。我の念持仏としていたが記念に渡したい」

オキナガヒメはこう言って、丁度膝の上に載せられる位の黄金の仏像[3]を白い旗と共に手渡した。

そのあとウチノタケルと共に神殿に上り、もう一度ていねいに拝礼した。

帰り際、境内の桜を見て言った。

「波波迦（ははか）じゃな、この桜は？」

「はい、ヒメミコさま、前には鹿占(しかうら)に使っておりました」豊耳は答える。

「綺麗な色じゃ、小山田の斎宮にもあった。我はこの花が子供の頃から好きであった。おお、そうじゃ王子にも見せてやろう」

オキナガヒメは乳母を呼び、桜を見せるように言った。桜を見てホムタノ王子は機嫌よくニコニコと笑っている。

「豊耳どの、この小竹宮はこれより、若桜宮と改めるが良い」

オキナガヒメは上機嫌で目を細めて言った。

気長足姫(おきながたらしひめ)

三月五日、磐余蛇穴(いわれのさらぎ)に集合した大軍団を前にして、オキナガヒメはタケフルクマを将軍(いくさのきみ)に任命して、全軍をゆだねた。

タケフルクマは数万の兵を率いて山城の方面へ進軍した。軍団には、一族の命運をかけた丹生族が多数を占めていた。その丹生族の中には女軍(めいくさ)も混じっていたようだった。

山城の泉川（現在の木津川）を渡り、さらに進軍して宇治川に到ると、忍熊王子側の将軍、イサヒと宇治川を挟んで対峙。全面対決したが、タケフルクマの策略が功を奏し、イサヒ側が敗れて忍熊王子と共に敗走した。タケフルクマ軍は凄まじい勢いで迫り、近江の逢坂で追いつくと、敵を悉く斬り伏せた。さらに逃げた兵を栗林で斬った。血は栗林に溢れたという。忍熊王子とイサヒの二人は逃げて隠れるところもなく、淡海の瀬田で入水して死んだ。

戦が終わりオキナガヒメとホムタノ王子は磐余の行宮に住まいした。仮の宮である。忍熊王子を破り敵はなくなり、この年、暦を改め、摂政元年とした。

将軍タケフルクマが凱旋してよりこのかた、オキナガヒメは将士の報償などで休む間もなかった。翌年春を過ぎ、ようやくその殆どを済ませると、次はウチノタケルと共に吉野に向かった。気に掛けていた丹生一族の報償を残していたからである。同行したのはカズラノオニト以下、小数の精鋭と数人の付き人だけであった。もう敵対する勢力はなくなったし、特に吉野は信頼を置いている丹生族の本貫地で安全だったからだ。

オキナガヒメらは磐余から室を通り、奉膳を経て吉野川のほとりに出て、大淀を渡り秋津から吉野白銀岳(しろかねだけ)を目指す。秋津からの山道は比較的緩やかとはいえ、初夏の木漏れ日は汗を誘う。

白銀岳・小竹宮(しののみや)に着くと丹生首(にうのおびと)、豊耳が迎えた。トヨもいる。

「ヒメミコさま、ウチノタケルさまも、ようお越しくださりました」

豊耳とトヨが丁重に跪拝をして、別室へ案内しようとすると、

「まずは、丹生都比売神(にうつひめ)にご拝礼しよう」

オキナガヒメは丹生大神(にうおおかみ)とは言わず、丹生都比売神と言い、ウチノタケルと共に石段を上って拝殿へ行く。豊耳とトヨは後に従った。

拝礼を済ませて別室へ入ると、丹生の年寄りらを前にして、正面に着座するとオキナガヒメは言った。

「先の戦での丹生一族の働き見事でした。大后(おおきさき)の我と、次に太子となるホムタノ皇子より改めて礼を申します。そなたらの働きが無ければこの戦、果たして勝てたかどうか。まさに天照大神のご神託通りであった」

オキナガヒメはまず戦功を称えた。そして言葉を続けた。

「天照大神のご託宣によりこの宮では、これより丹生大神改め丹生都比売神としてお鎮

りとなった。つまりこの宮は丹生都比売神を主祭神に、山王神の波宝神（はほの）を相殿でお祀りする事となる。その外の丹生の神社も同様に、すべて丹生都比売神に改めてもらいたい。丹生都比売神は恐れ多くも天照大神の妹神（いろも）で在られます」

神名の改名はあらかじめ双方で話し合いがなされていた。

「これで、我らヤマトの朝廷（みかど）と丹生の部族は固く結ばれた。これから先の御世（みよ）に於いても相争うことはない。吉野は朝廷の聖地となった」オキナガヒメはさらに言葉を続ける。

「そこで神領のことです。豊耳どの申してみられよ」

豊耳はそれに答えて、

「そのことにございます。実は我が娘のトヨが昨夜、夢枕で丹生都比売さまのお声を聞いたそうにございます」

「トヨよ、遠慮なく申してみよ」横からウチノタケルがトヨを促した。

「はい、ではヒメミコさま。申し上げます。昨夜、丹生都比売さまが私奴（わたしめ）の夢うちに、黄金岳（こがねだけ）へご降臨あそばされ、忌杖（いみつえ）を指し示し賜いてご託宣なさいますには、今まで通りの吉野のご神域のほか、新に北は十市（といち）、古瀬（こせ）。南は遠津川（とつかわ）から熊野までお示しなさいました」

「そうか」

オキナガヒメはちらりとウチノタケルを見る。

ウチノタケルは眉毛一つ動かさないで聞いている。

「相分かった。それで割付させましょうぞ」

オキナガヒメはウチノタケルの顔を見つめつつ答えた。

「ヒメミコさま、かたじけのう存じます」

豊耳はじめ、丹生の者達は全員が平伏した。戦後（いくさご）の最も大事な用件の一つ、丹生族との報償契約を終えると、オキナガヒメはその日のうちに磐余の仮宮へ帰っていった。


磐余に戻り、奥の自室に入るとオキナガヒメはウチノタケルを呼んだ。

オキナガヒメのほうが年上だった。しかし二人きりのときは少し話し方が変わる。

「大臣（おほおみ）、あれで良かったのかえ」声が少し甘い。

「あれとは、丹生都比売さまのことですか」

「そう、それに神域の事です」

「ヒメ、あれで良い」ウチノタケルはこともなげに答える。

「丹生大神を天照大神さまの下に組み入れるのは成功とは思いますが、神領は少し振舞い過ぎではないか」

「あれぐらいは与えねばならん。安いものじゃ」

「丹生都比売さまが夢で託宣なされたという、トヨの言葉通りにすることはないではないか。ええいっ、大臣はいつも手ぬるい。戦は勝ったのです。あとは力でねじ伏せればよいものを」

「相変わらず気性の激しいお方じゃ。やはりヒメの本性は男じゃな」

ウチノタケルは続けてオキナガヒメに説いた。

「よいですか、ヒメ。彼等を敵に回すと手強いですぞ。彼等は丹砂を独占し、精錬の技術もある。丹砂で財を蓄え兵を養っている。手強い連中は味方にしておくに限る。彼等の儲けを、我らは税として巻き上げればよいのじゃ。分かりましたかな」

「巧くは言うが、我には大臣が奴等の味方をしているように聞こえます。……ええ、もう良い。この話はこれきりとしよう」

オキナガヒメはウチノタケルの手をとり、しなだれかかっていった。

丹生の姫神子（ひめみこ）

トヨは吉野郡丹生の古田（ふるた）で生まれた。父（かぞ）は吉野首（おびと）の豊耳。母（いろは）は宇智郡（うちのこほり）布々木の里長の娘であった。トヨには腹違いの兄が三人いたが、一番上は精錬の技術を学ぶため新羅へ渡ってもう何年にもなる。他の二人の兄達は各地の一族の山（採鉱・精錬現場）を任されてこの古田の里にはいない。丹生族の家では男子より娘の方が大切にされた。家系は母系を主に継承したからである。

丹生族の長は一族の象徴であり、元宮の姫巫女が継ぐのが慣わしだったが、その元宮の姫巫女も又、首の娘であることが望ましかった。豊耳は娘に恵まれず四十を過ぎてからやっと初めて生まれたのがトヨだった。年を経てから授かった待ちに待った娘だったので、いとおしくてならなかった。しかし、愛しいとはいえ豊耳は決して娘を甘やかさなかった。むしろ男の子以上に厳しく鍛え教育した。トヨに、本来の丹生族の首長たる小竹宮（しののみや）の姫巫女を継がせようと決めていたからである。

トヨがまだ小さいころに母は亡くなったが、父の愛情を受けてすくすくと育った。

トヨは小さいころから女の子とは遊ばなかった。いつも男の子とばかり遊んでいた。川遊びをしても、駆けっこをしても初潮を見る十二歳頃までは男の子に負けなかった。自分のことを女の子と思っていなかったのである。十三歳ごろから神の教えを学び、護身術の手ほどきを父の豊耳から受けてから、武術を習い始めた。トヨは筋がよくめきめき上達した。身体も成長し、女らしいふくらみを見せ始めた十五歳になった頃でもトヨは異性に興味がなかった。人目を引くほどの美しい娘に成長してからも、自分の美しさに気づいていなかった。その頃出会ったのがウチノタケルだった。

ウチノタケルは、父の建宇智宿禰（初代）が丹生の長老の一人、井之口の娘に産ませた子である。それでウチノタケルは吉野にはなじみがあった。

ウチノタケルはトヨの父豊耳に頼まれ、吉野へ来るたびトヨに、儒教や道教などの学問を教えたのである。トヨは覚えがよく、学問にも優れた理解を示し、それと共に日を経るに従ってウチノタケルを慕い、ウチノタケルが住む宇智郡へ一緒に出かけたりもした。トヨの男性の理想像は父だった。その父とよく似た雰囲気を持つ、ひとまわり以上も年の違うウチノタケルに自然と惹かれていった。そしてトヨの方からすすんで身を任せ、ウチノタケルを愛するようになってしまったのである。

ウチノタケルの父は稚足彦大王（わかたらしひこのおおきみ）と同じ日に生まれ、大王に重用されていたが、その大王が亡くなった。次の大王、足仲彦（たらしなかつひこ）にも仕え愛されたが、オキナガヒメを大后に迎えて暫くした頃、建宇智宿禰初代は亡くなり、その子のウチノタケルが召されて、二代目建宇智宿禰になった。宇智郡の長ともいえる立場となり、父に続いて足仲彦大王に仕えたのであった。大王から采女（うねめ）を与えられ妻とした。自分の勝手は許されなかった。まして丹生の姫巫女のトヨを娶ることなど、とても出来ない相談だった。

トヨはもちろんそのことは理解できた。自分の立場は良く分かっているつもりだった。ウチノタケルを愛してはいたが、添い遂げようとは思わなかった。それは姫神子（ひめみこ）としての自覚であった。それは一族や父を裏切る行為になるからである。トヨは割り切って考えようとした。生来、男のような性格で一旦こうと決めるとトヨにはそれが出来る。

特にウチノタケルがオキナガヒメに仕え、大臣（おほおみ）となってからは、なかなか会える機会がなかった。

トヨはその頃、古田の里で義母と暮らしていた。朝のうちは丹生の姫巫女としての神務めがあるので小竹宮へ通っていた。家は里でも山の上のほうだったので、山頂の社までは近い。父の豊耳は白銀岳小竹宮で他の神官や巫女らと起居している。

ある日の午後、里の家に使いの者が、トヨ宛の手文を持ってきた。竹簡である。トヨが心待ちにしていたウチノタケルからだった。次の月の朔日午後に会おうとあった。その場ですぐに了承した旨をしたため、使いにその竹簡を手渡した。

その日が来ると、トヨは歩いて待ち合わせ場所の秋つ野の降剱の杜へ向かった。吉野川の少し手前だから遠くはない。ウチノタケルの屋敷は宇智郡にあったが、大臣としてオキナガヒメに仕えてからは、磐余の仮宮で別室を与えられ、そこで起居していた。政務に忙しく、屋敷に帰る間も惜しかったからである。部屋は手狭で不便であったが、新宮建設の計画が進行中で、自分の屋敷もその中に作る予定だったのでそのままにしていた。ホムタノミコ（品陀和気皇子）の立太子の式典をこの磐余蛇穴に新しく建設する壮大な都の宮殿で執り行おうと考えていたのである。その帝都建設の総指揮官でもあるウチノタケルだったが、その忙しいさなか、なんとか時間を取ったのだ。

（きっとたった一人で、馬に乗ってこられる）

久しぶりに会えるウチノタケルのことを思うと、胸がどきどきした。

（早く会いたい、私も馬に乗ればすぐにでも行けるのに……）

トヨは前から馬に乗りたいと思っていた。それで父の豊耳に頼んだこともあったのだが聞き入れてはもらえなかった。女で馬に乗る者はいなかったからである。

ウチノタケルのことを思いながら歩いた。早く会いたくてどんどん足が速くなる。

いつのまにか降劒の杜に着いていた。そしてトヨは空を見上げる。

(少し早く着きすぎたみたい) ついひとりでに笑みがでた。陽は真上だった。

鳥居をくぐり、少し坂になっている道を社に向かって歩いた。社で手を合わせてトヨは祈った。その社は経津主(ふつぬし)の神を祀っている。人影は見えなかった。

「フツヌシノカミさま、私は欲は申しません。ただもう少しタケルさまと会える機会を増やしてください」トヨの素直な気持ちだった。

お祈りしてから自分でも可笑しかった。

(丹生の神に仕える身でありながら、他の神にお願いしてしまうなんて)

トヨは今度は黙ったままで手を合わせ、もう一度拝礼した。拝礼を済ますとすぐにもとの参道の入り口へ戻ってきた。ウチノタケルの手紙には鳥居前でと示されていたからだ。

鳥居の傍でそれからも暫く待った。

(急用ができたのかしら) トヨは少し心配になってきた。

その時遠くから蹄の音が響いて、一気に近づいてきた。

紛れもない、ウチノタケルだった。黒々とした角髪(みづら)が眩しく見えた。

「トヨ、さあ、お乗り！」

鳥居の前で馬を止めたウチノタケルは、手を差し伸べた。

トヨがその手を掴むと馬上から引っぱり上げ、後ろに座らせようとする。トヨは思い切って足をあげ、男のように足を開いて馬の背に跨った。

（やっと会えた）トヨは男の背中に頬を寄せた。

ウチノタケルはゆっくりと馬を歩ませながら言った。

「トヨ、遅れて悪かった。供の者が一人では危険だと言うんだ。吉野川まで来てから、やっとの事で追い返したよ」

もう言葉は要らなかった。男の腰に腕を回し、さあ駈けてと言わんばかりにぴたりとその背に抱きついた。

「さあ、駈けるぞ！」ウチノタケルは馬にムチを入れた。

なだらかな秋つ川の川沿いを二人乗りの馬は軽快に駈けた。

トヨの裳裾(もすそ)が風になびく。白妙の衣も風にゆれる。ていねいに櫛をいれ、後ろで綾織の紐で束ねた美しい黒髪も、長い尾を引いて風にたわむれる。
そのまま川沿いの道を行くと吉野川との川合いに出た。今度は吉野川の流れに沿って川下に向かって駈ける。

トヨはうれしかった。しあわせだった。このままずっと居たい。

馬の背から伝わる振動が心地よかった。トヨはうっとりとして、回した手に力をこめて男の背に胸を押し付けた。顔が上気して身体もあたたかくなってきていた。

川沿いの土手道をしばらく走ってから、河原に下りた。向こう岸に渡るためである。いつも通る渡しは避けた。人目に触れやすいからだった。

浅瀬のある川下に向かって馬を歩ませていく。足場が悪くなりウチノタケルは下馬する。その辺りでは阿陀の鵜飼らが梁（やな）を仕掛け、筌（うへ）を伏せ、鮎やゴリを捕っている。

馬は歩きにくそうだった。ウチノタケルはトヨを乗せたまま轡（くつわ）を取り、河原をさらに下流に向かって歩く。少し先の砂場になっているところが、ちょっとした浅瀬になっていて渡れそうだった。

ウチノタケルは手綱を持ち直して浅瀬に入り、先にたって馬を引いた。二人乗りのままでは馬に負担がかかりすぎるし、瀬の深みにはまり流される危険もあったからだ。渡り始めるとやはり、かなり深い所があり、流されそうになりながら、やっとの思いで渡りきった。向こう岸に着くとトヨは馬を下りた。

馬を川辺の灌木に繋ぐと、岩陰の乾いた砂の上に二人で腰を下ろして休んだ。トヨの裳裾は腰のすぐ下のところまで水に濡れていた。ウチノタケルも、もちろん袴はずぶぬれで衣服の袖も濡れていたが目もくれず、トヨの足元に来て、身に付けたままの裳裾を手でつまむと、端のほうから水を搾り始めた。

トヨはなすがままにして、ウチノタケルの目を見つめていた。

「タケルさまッ、お会いしたかった」

いきなりトヨがしがみついてきた。目はうっとりと潤んでいる。トヨは大胆にウチノタケルの身体に上からのしかかっていくと、熱い唇を寄せた。身体も火のように燃えている。ウチノタケルが下から手を回し、トヨの着けている裳をくつろがせると、トヨのほうからすぐに体を合わせていった。

久しぶりだった。二人は一気に燃え上がった。

至福の時間(とき)が過ぎ、二人が愛の余韻にまどろんでいると、少し先の岩陰で人の動く気配があった。それを感じたトヨは下からウチノタケルに目で合図を送る。それとは知らず賊は、岩陰伝いに近づいてくる。トヨはいつも身に付けている腰の刀子（とうす）をそっと抜いた。

「ヤーッ！」間近に近づいた賊は気合とともに一刀両断とばかり剣を振り下ろした。

シュッ、間髪を入れず無言で放ったトヨの刀子はいち早く賊の喉を貫いていた。

賊は剣を取り落とし、前に打ち伏して悶えた。賊も何が起こったか分からないであろうと見える。見事な技だった。

トヨはウチノタケルから体を外すと、起き上がって賊を見返した。

知らない顔だった。目はすでに焦点が定まらず虚ろだった。口はパクパクと動いているが、喉を貫いた刀子が声帯を破壊し、声が出ない。

「早く楽になるが良い……」

そう呟きながらトヨは刀子の柄を握り、すーッと手前に引き抜いた。一気に血しぶきが上ったが、トヨは素早く交し一滴の血も浴びない。すぐに二人は身づくろいをして、辺りを見廻ったが他に賊は居そうになかった。

川を渡ったこの辺りはもう、宇智郡だったがウチノタケルの屋敷へ行くのではなかった。

先代の建宇智宿禰の時から仕えている子飼いの家臣アダノオの家を利用していた。口が堅く信頼できる男だったので、トヨと会うときは、いつも使っていた。

家に着くと食事の用意ができていた。水もたっぷりと用意されていたので、濡れた衣を脱ぎ、水を使って布で身体をきれいに拭いた。トヨの身体はアダノオの妻が手伝って汗をぬぐった。さっぱりとした二人は、用意された衣をまとい、食事の席についた。

蒸かした米にゴリの煮付け、鮎の焼き物、山菜の煮物、きのこ汁といった料理だった。酒(ささ)も添えられている。アダノオの妻は二人に酒を注ぐと部屋を出て行った。

酒を一口飲んで、ウチノタケルはいった。

「先ほどは助かった、トヨがいなければ我の命はなかったかも知れぬ」

「私がいなければタケルさまは、あのような隙を見せはしません」

「いや、しかし驚いた、トヨがあれほどの手練(てだ)れとは」

「言わないで下さい。恥ずかしゅうございます」

トヨも酒を口にした。二人は飲み、食事をしながら話を続けた。

「いやはや、それにしても危なかった。この辺りにもまだ敵がいようとは。だが、トヨ、ここは安心してくつろいでくれ。誰もこの家には入って来れぬ」

「タケルさまはヒメミコさまの覚えめでたく、権力を一手にして、妬まれているのかも知れません」

「何が覚えめでたいものか、儂(わし)は懸命に国のために働いているだけじゃ」

「ホムタノミコさまは大臣のお子という噂もございます」

「儂の子だと、バカな……。はて、妬いているのか?」

「妬きは致しませぬ。私は男に添えるような女ではありませんから。一族のために生きねばならない立場なのです。それゆえタケルさまを一人占めしようなどと、思いもかけないことです。誰に子をつくらせようと知ったことではありませぬ。もし、どうしても独り占めしたいと思おうものなら、たとえヒメミコさまであろうとも、決してトヨは引き下がるものではありませぬ」

トヨはウチノタケルの目を見て、はっきりと言い切った。

ヒメミコさまとはもちろん、大后のオキナガヒメのことである。

「おお、怖い女子(おなご)よ。そなたもやはり本性は男であったか」

「そなたも? とは、それはヒメミコさまのことでございましょう」

「又それをいう。トヨ、もうその話はよそう」

「いえ、やはりトヨは女でございます。ウチノタケルさまはトヨの初めての殿御ゆえ、愛しくてなりません。欲は申しませぬ、でも時々は会いたい。ただそれだけでございます」

トヨは近づいてきて、ウチノタケルの手を取ると、自分の胸に押し付けた。そしてウチノタケルの目を覗き込むようにして言う。

「タケルさま、このような男がおりますか」

トヨは自分の胸にあるウチノタケルの手の上に自分の手を重ね、胸を押さえて言った。

「いや、違いない。トヨはまぎれもなく女だ。それもとびきり美しい」

ウチノタケルは、上衣の合わせ目から、じかにトヨの乳房に触れた。トヨの心には、女と男が同居しているらしかった。

この年の冬、十一月、先の大王、ナカツヒコ（帯仲日子）の殯を終えて、河内国長野に陵をつくり葬った。

磐余若桜宮

神功皇后摂政三年春、磐余に建設中の都が完成した。

三月、その造られたばかりの宮殿でホムタノミコ（品陀和気皇子）立太子の式典が内外の国司、郡司を召して盛大に行われた。東の蝦夷、西や南の隼人、熊襲も貢を調えて訪れた。オキナガヒメが内外にヤマトの威容を示し、国力を誇示した式典であった。

新羅王、百済王も御調（みつぎ）を携えた重臣を遣わして祝辞を述べた。

都は大和国磐余の地に造られ、朱雀（すざく）の御門の左右にはオキナガヒメが愛でてやまない桜の若木が数多く植えられていた。そのなかには、吉野若桜宮より移植した波波迦（ははか）の木もあった。その式典の日、ハハカ桜は朱色の見事な花を咲かせていた。

毎年、磐余の宮の桜は見事に咲き誇った。人々は若桜宮と呼んだ。

十三年春二月、オキナガヒメの命により、ホムタノミコは若狭を巡幸することになった。お供にはウチノタケルを筆頭にカズラノオニト、オオトモヌシ、モノノベノイクイらの武官にウチノタケル子飼いのアダノオを加えて大和国磐余・若桜宮を若狭に向けて旅立った。この巡幸には神祇官中臣のイカツノオミは参加せず、代わりにオキナガヒメの名指しにより、丹生のトヨが一行に加えられた。

三輪山の杜（もり）、大倭（おおやまと）の杜、石上（いそのかみ）の杜を見ながら上つ道を北上した。三笠山の麓から、泉川（現代の木津川）に出て、山城へと行き、宇治川を越えると近江に到る。その道は先の戦で忍熊王子征討軍が進軍した経路と同じであった。

近江に着くと瀬田の大津から、安曇の海人部らが操る船に乗り換え、淡海（琵琶湖）を北上した。この辺り一帯はオキナガヒメの父息長宿禰王の生地でもある。この西岸には坂本の穴太があり、丹生族縁の者も多くいる。

さらに北上して塩津に上陸した。そこからは陸路で敦賀を目指した。若狭に入ると海に行き禊をした。先の戦で大勢の人を殺めたからである。禊を済ませてから、越前国角鹿の行宮に入った。

その晩、ウチノタケルは夢を見た。

夢の中でこの地に坐すイササワケノオオカミ（伊奢沙和気大神）がお出ましになり、

「吾が名を太子の御名に変えたいと欲する」と言われた。

「どうぞ、仰せのままに」と、ウチノタケルは夢の中で答えていた。自分自身もよく判断できないままそのように答えていたのだ。朝になりウチノタケルはトヨを部屋に呼んだ。

「トヨよ、ゆうべ夢にイササワケノ大神が現れ、『我が名を変えたい』と言われた。これはどういうことと思うか」

ウチノタケルは昨夜の夢をトヨに話し、意見を聞いてみた。

「タケルさま、それはおそらく彼等が恭順を示すという神のお告げでしょう。つまりこの若狭一帯の国の者達は、太子となったホムタノ皇子につき従うに違いないと判断できます」

「なるほど。いや、儂もそう思う」

ウチノタケルはよき神のお告げとして、早速、太子に自分の意見をまじえて進言した。

次の日の朝、角鹿の仮宮には、太子巡幸を伝え聞いた人々が集まった。皆それぞれの貢(みつぎ)を携えている。彼等は主に越前国、若狭国の海部(あまべ)の部族長らであった。

イササワケノ大神を奉祭する祝長(はふりのおさ)が太子にお目通りを願い出てきた。

太子が引見すると祝長は言った。

「太子さま。吾らはイササワケノ大神を斎祀(いつきまつ)る海部でございます。まずもってご挨拶に、貢を持ってまかりこしました」

見ると入鹿(いるか)魚や大小さまざまの多くの魚を携えている。そして言葉を続けた。

「吾らが神、イササワケノ大神の事でございますが、大神とは恐れ多く、これより笥飯明神(けひみょうじん)と名を変え、ヤマトの大神のもと、御食津(みけつ)を司る神としてお仕えしたいと、吾が神は申されます。どうかお聞き届け下さいますよう」と平伏した。

「あい分かった。良い心がけである。その様にするが良い」

ホムタノミコは鷹揚に応えた。特に考えて判断しなければならないようなことは何一つなかった。昨日あらかじめウチノタケルから聞いていたからだった。

「お聞き届けありがとうございます。これより先、年毎に海の産物を途絶えないよう奉ります」

彼らは口々に忠誠を誓い、帰って行った。

すべて思い通りにことが運んだ。こちらの方から何も言わずとも、相手から申し出てきた。そのあと、それぞれの村長にもホムタノミコはウチノタケルと共に引見した。十三歳になったばかりの太子であったが体格もよく、すべてが鷹揚で、すでに大王の風格がにじみ出ているかに見えた。

あくる日は浜に出て禊を行い、改めて笥飯明神に詣でて拝礼した。

しばらく角鹿の行宮に滞在した。

暖かい春の日差しが心地よいある日の朝、ウチノタケルは太子に、海岸線を見て廻りたいと願い出て、丹生のトヨと行宮を出た。角鹿の大津（港）は行宮の北にある。そこは若狭角鹿御崎の入江で波は穏やかで船の発着に都合よく、諸国への海路の要衝でもある。外つ国との交易もこの大津が利用されていた。

二人きりでいるのは久しぶりだった。磐余から道中はずっと一緒だったが、二人きりにはなれなかった。

大津まで歩いた。そこは入江でありながらかなり水深があり、大型船でも接岸できるよう造られている。

海鳥が猫のような鳴き声を上げながら飛んでいる。浜風を利用しながら空間に静止して、海上に浮上してくる魚群を狙っている。そして時々急降下しては確実に魚を捕らえていた。

二人は並んで歩いた。鳥は人を恐れず、手を伸ばせば届きそうなくらい、近くの空間に浮かんでいた。二人は向こうに見える浜の方へ向かって歩いていた。

細かい美しい砂が広がる浜を話しながら歩いた。

「タケルさま。お役目お疲れさまでした」

「トヨも、お互いにな。何とかこれで無事帰れそうじゃ」

「ヒメミコさまの御威光で、この地の海部も確実に太子さまの支配下でございます」

「それにしても太子さまはご立派であった」

「大王となられる素質充分ということでございますか」

「いや、それは何も分からん。儂の直感だけじゃ。が、あの鷹揚さが良い。すでに忍熊王子にも勝った」

二人は海に向かって、浜に足を伸ばして座った。

「さすがに太子さまはヒメミコさまの御子です。それにタケルさまの……いえ、……もちろん素質は充分でございましょう」

トヨは途中で言いごもり、そして続けた。

「吾らが丹生一族はヒメミコさまと太子さまに賭けたのでございます。そして忍熊王子に勝ちました。しかし本当に勝てたかどうか、いえ、それで良かったのかどうかはまだ先でなければ分かりませぬ。太子さまが王の王として大帝国を築かれ、文字通りの大王として諸国を従えたとき、初めて吾らの賭けが勝ったと言えるのでございます」

「儂も太子さまの将来に期待している。ヒメミコさまに引き続き太子さまにも仕え、偉大な大王となられるよう、お助けしたいと考えておる。それに儂も丹生に縁の者じゃ、これからも力をあわせ支えていこう」

ウチノタケルはトヨの手を引き寄せて握った。それに応えるようにトヨも力を入れて握り返して言う。

「タケルさま。気になることがございます……。ヒメミコさまは私たち二人のことはご存知ないのでございましょうか」

トヨは前から気に掛けていることを聞いた。

「実は、そのことは儂も気にしていた。だが今度はっきりと分かった。おそらくずっと前から気付いておられたに違いない。此度の太子さまのお供を、二人して命じられた時、儂は初めて気がついた。そんな事はすっかりお見通しで、敢えて供に付けたのだと思う。二人で協力して太子を守り、補佐して育ててくれと期待をなされたのであろう。トヨ、お前もそうは思わぬか」

ウチノタケルはトヨの目を見て、説くように話した。

「ウチノタケルさま、私もそうではないかと思っておりました。ヒメミコさまは男のような御気性ゆえ、私には良く分かるのでございます。わたしもその立場ならきっとそうするでしょう。男と女の恋情より、やはりヤマトが大事なのでございます」

「ヤマトか、トヨもヒメミコさまに負けず劣らずの気性じゃ。次の世は男に生まれるがよろしかろう」

そう言って、ウチノタケルは笑った。

トヨは眉尻をつり上げて（怒りますよッ）とでも言うように目顔で表わし、握っていた手に力を込めた。

右から射していた日輪はもう真後ろに廻って来ていて、強い光が浜に照りつけていた。明るい日差しが今は憎らしく、切ない思いがトヨの胸を満たした。

あくる日、太子一行は角鹿の行宮を後にし、大和への帰路に着いた。

磐余若桜宮では、一同が太子の帰還を待ちわびていた。

その日のため太子の実母（いろは）オキナガヒメは神酒を醸（かも）し、太子一行が大和に帰還すると祝宴を開いた。

その宴（うたげ）のため特別に醸していた大御酒を太子に献り、そしてオキナガヒメは自ら歌った。

この神酒（みき）は　我が神酒ならず
酒（くし）の司（かみ）　常世（とこよ）にいます

石立（いわた）たす　少御神（すくなみかみ）の
豊寿（とよほ）ぎ　ほき廻（もとへ）し
神寿（かむほ）ぎ　ほき狂（くる）ほし
まつり来（こ）し御酒そ
残（あ）さず飲（お）せ　ささ

（日本書紀・巻第九より）

祝宴の大殿には、ウチノタケルなど主だった廷臣たちと共にトヨがいた。父の豊耳もいる。正面上段に着座するオキナガヒメと太子のホムタノ皇子を、頼もしく見つめながらトヨは考えていた。（太子はきっと偉大な王に成られる事だろう。私は父の意思を引き継ぎ、吾らが一族と共にこの政権を陰で支えていこう。それが吾ら一族の役目であり、これからも、この国ヤマトにふさわしい盟主を立て、守り行かねばならぬ）トヨは父豊耳の言葉を思い出し、気持ちを新にするのだった。

ウチノタケルが歌う、太子の返歌が続いて聞こえる。

この神酒（みき）を　醸（か）みけむ人は

その鼓(つづみ)　臼(うす)に立てて
歌ひつつ　醸みけれかも
舞ひつつ　醸みけれかも
この神酒の　神酒のあやに
歌たのし　ささ
（日本書紀・巻第九より）

宴のさんざめきはいつまでも続いていた。

【註】

（1）沙庭(さにわ)で、神前の神主(かむぬし)にどのような神が寄りついたか見極めることを審神(さにわ)といい、その役を審神者(さにわ)という。ここでは当て字をして分かりやすく記述した。字気比(うけひ)では、琴を弾いて神を呼び下ろす役、神の依代（よりしろ）となる神主、どのような神が降臨したのか判定する役と、大抵三人が重要な役割を担う。

（2）波波迦とは朱色の花をつける桜で、鹿の肩骨をこの木で焼き、亀裂の形状を見て願い事を占う。

（3）黄金仏とは、波宝神社・神宮寺に神功皇后の念持仏として伝わっていた像高二〇センチ位の釈迦如来立像。金銅製で金鍍金が施されている。現在は奈良国立博物館に国宝として大切に収蔵されている。

EPISODE Ⅲ
額田稚姫

●登場人物

額田稚姫（ぬかたのわかひめ）／額田宿禰の養女、伊与。豊与の妹

フキメ／稚姫の侍女。元、丹生天野宮の巫女

セノオ／阿陀の鵜飼。渡し場の若頭

長谷祝（ながたにのはふり）／丹生川上神社の神官長

大海人皇子（おおあまのみこ）／後の天武天皇

菟野讃良皇女（うののさららのひめみこ）／後の持統天皇

額田女王（ぬかたのひめみこ）／大海人の恋人

井依翁（いよりおう）／丹生族長老

井角乗（いのかくじょう）／丹生族長老の嫡男

井角範（いのかくはん）／井角乗の長男

鴨公小角（かものきみおづぬ）／葛木の役行者

栃原祝（とちはらのはふり）／金岳・波比売神社の神官

豊与（とよ）／伊与の姉。銀岳・若桜宮のヒメミコ

額田稚姫

今木の丘には、朱もあざやかな鳥居があった。その鳥居の下に立つと、すぐ眼下に東から西へ流れる吉野川の蛇行が見渡せた。この丘は川の北岸にあり、そこから見ると東方に妹山・背山、南方に手前から黄金岳、白銀岳、銅岳の吉野三山。続いて大峰の山々が一望できる。

北の方には巨勢の里、その向こうには葛木の山々がそびえていた。

伊与はそこから見る景色がとても好きだった。里から馬を駆って毎日のようにここへ来る。伊与の養父は今木に住む額田宿禰で馬の放牧と馬具を造る、いわゆる馬養で鞍作の額田一族であった。先祖は百済の王族で、もともと産鉄に携わる渡来人の系譜である。

里では駿駒の飼育に力を注いでおり、先年、新羅より輸入した種馬の産駒が数頭育っていて、伊与はその中で特に気に入っている一頭を「栗」と名付けていつも乗り回していた。

今日もその栗毛に乗っている。いつもここの鳥居まで来ると馬を降りて南方を見渡した。そしてひとしきり景色を楽しむのである。いつもはここから引き返すが、今日は遠出が出来ることがうれしかった。

初夏の明るい日輪が、東の妹背（いもせ）の山の方から射してきていて、若葉は青々と輝いている。前方の吉野三山は少し靄（もや）がかかり、ここの鳥居越しに見る金岳・銀岳はまさしく神奈備（かんなび）の如き神々しさだった。


「ワカヒメさまァー、ワカヒメさまァー」

登ってきた山裾の方から、叫び声がした。

伊与は人々から、額田稚姫と呼ばれていた。

「しばらく、お待ちくださぁーい」

「あーあ」伊与は思いだしたように小さくため息をついた。

「栗、フキメを待ってあげようね」

側の栃の木に手綱を繋ぐと、伊与は愛馬に話しかけた。

鳥居の下で侍女を待ちながら、今日久しぶりに会えると思う大海人皇子（おおあまのみこ）のことをふっと考える。

（きっとご立派になられたことだろう。でももう「皇子さま」と親しくお呼びできない。

ご即位なされて、今は「スメラミコトさま」それに今日はお后さまもいらっしゃる)

伊与は寂しい気持ちがしてならない。

今日の行く先は、吉野・長谷邑「丹生川上神社」である。この神社は昨年、天武五年(六七六)、大海人皇子により再建された。以前は丹生一族の氏神、丹生大明神が祀られていたのだが、それを丹生都比売神として、又、龍神のオカミ神を水の神として併せて奉斎し、朝廷の庇護をうけることになったのである。神殿も真新しく改築されて、境内の施設や参道まで整備した。この今木の丘の朱色の鳥居も、その時に建てられた丹生川上神社の「一の鳥居」であった。「二の鳥居」は善城にあり、その二の鳥居から神殿まではその何倍もの距離がある。随分長い参道である。参道が長いほど格式が高いとされていた。

それでも昨年までこの今木の丘には鳥居などはなかったのである。神殿までがあまりにも遠いせいか丹生川上神社の鳥居とは思えない。伊与は改めてこの鳥居を見た。伊与にはどう見てもこれは、金・銀・銅の吉野三山を遙拝するための鳥居としか見えなかった。

「ワカヒメさま。もう少しゆるりと走ってくださいな」

侍女のフキメがやっと追いついてきて息を切らしながら言った。

彼女の乗っている馬は伊与の馬よりも随分と小さい。唐で驢馬と呼ばれているこの馬は、百済からの貢ぎ物の一つで、先年、近江の都で飼われていたのを養父の額田宿禰が、天智天皇の重臣、中臣鎌足に、繁殖させたいからと願い出て払い下げてもらったものだ。

しかしこの馬は走るというより歩いているぐらいに遅い。フキメはずり落ちるように驢馬からおりると鳥居横の栃の根本に座り込んでしまった。肩で大きく息をついている。

「それみや、それでそなたと来るのは、いやと言ったのです」

伊与は養父である額田宿禰に一人で行くと言ったのだが、無理矢理侍女を付けられたのだった。壬申の乱が終わり大海人（天武）天皇の時代となって、もう五年目に入り戦乱はおさまっていたので、護衛はまったく要らなかった。特に飛鳥の浄御原から南部の吉野一帯は、大海人の最も信頼できる丹生一族の本貫地(1)だったので、同族のワカヒメに害をなす者がいるはずもなかった。

伊与はフキメを気の毒に思い、暫くの休憩を取る。

傍らで二頭の馬が草を食んでいる。大和の馬に比べると片方は大きく、一方は又やけに小さく子馬のようだった。

フキメは驢馬の鞍から竹筒を取ると、伊与に差し出した。

「お冷でございます」

しかしまだ呼吸は乱れている。実直そのものの侍女であった。彼女はその立場を決して崩さず、それでいて母のように、時には姉のように尽してくれている。このフキメは伊与がまだ幼い頃からずっと仕えてきた付き人である。彼女は宇智郡の出身で、布々木の丹生天野宮に仕えていた巫女であったが、伊与が物心付いた頃からずっと側にいる。

伊与は差し出された竹筒の水をひとくち飲むと、

「フキメ、おまえもお飲み」とそのまま手渡して言った。

竹筒は二重構造になっていて、冷たい水が乾いた喉に心地よい。


しばらく休んだあと、馬に乗ると伊与はフキメを気遣い、先に立ってゆっくりと馬の歩を進めた。乗馬は遙かに伊与の方が上手い。そこからは南斜面になっていて、かなり急な坂が清流に向かって続いている。

走り出したがる馬の手綱を力一杯に引っ張って、慎重に下りていく。走り出すと止められない恐れがある。後ろに続くフキメの驢馬の行く手を塞ぐような形で下りていくと、やっと川の畔にたどり着いた。

そのまま川下の方へ進んでいくと、川の瀬に梁（やな）を仕掛けて鮎を捕っている人達が見える。このあたりの吉野川は、むき出しの岩肌に流れが噛みついて白い泡をたぎらせている。川に沿った道を下って行くと、その流れは岸壁に突き当たり、そのあたりから大きく湾曲して急に緩やかになり、川幅も広くなって青黒く淀み、地の人達が大淀と呼んでいる渡しに出る。

その川岸には平らで白い大きな岩があって船着き場となっていた。

この吉野川には橋が架けられていない。というよりも架けられないのだ。阿陀（あだ）の人達が以前に木橋を架けたことがあったが、半年も経たないうちに流されてしまった。上流の大峰山系で時々大雨が降り、この吉野川に集まって荒れ狂うのである。

伊与は何度もこの渡しを利用していた。船着き場では、舟子（ふなこ）が客待ちをしている。

「ワカヒメさま！今日はどちらへ？」

「丹生川上の氏神様へお参りするの」

伊与はにっこり笑って応えた。話しかけてきたこの若者は、阿陀の鵜飼頭（うかいのかしら）の嫡男で顔見知りだった。名はセノオといい、伊与より三歳ほど年上だと聞いていた。

セノオは伊与から手綱を受け取ると、舟子にその手綱を持たせ、自分はうやうやしく伊与の手を取って舟へ導いた。続いてフキメを案内し、舟子に指図をして、嫌がる驢馬を一緒に乗せる。

「ではワカヒメさま向こうでまた」

舟が向こう岸へ向かって漕ぎ出すのを見て、セノオは「栗」の手綱を取って川下へ向かう。この馬はとても舟には乗せられないので川下の浅瀬を歩いて渡らせるためだった。

この馬はなかなかの駻馬（かんば）でだれかれなしに扱える代物ではない。唐のさらに西の外つ国の馬の血を引くというこのような栗毛に、セノオも（いつかは乗ってみたいものだ）と思っていたので、手綱を引いているだけでも嬉しかった。

しかしこの若者の最大の喜びはほかにあった。それは憧れのワカヒメの手に触れられることだった。この渡しを通る際には手を取って揺れる舟へ案内するので、その度に胸がときめいた。

先に立って馬を引き、浅瀬を渡るセノオにワカヒメの手の感触が蘇ってくる。

贄持（にえもつ）の子孫といわれている阿陀鵜飼（あだのうかい）は、生業（なりわい）としての漁猟のほか今では渡しなどの舟仕事も手掛けていた。それで父からこの渡し場をまかされて取り仕切っているのだった。

向こう岸について土手に上がると、栗毛の足を布で拭いて上手で待っている伊与の方へ連れていく。

「ワカヒメさま、吾(あれ)が川上までお供しましょう」とセノオは申し出た。

「フキメがいるから大丈夫です。ありがとう」伊与は礼を言う。

「さあ、フキメ行きましょう」

伊与は乗馬すると先にたって歩み出した。

経津主(ふつぬし)の神を祀る降剱(ふりけん)神社の前を通り、秋つ川に沿った緩やかなのぼり坂を進む。この秋つ川は赤茶色の水が流れていた。この川の上流で製鉄が行われているのだ。鉱脈を見つけて山を崩し、鉄穴流し(かなながし)という方法で土砂を水で流し砂鉄を選り分ける。それで河川の水が赤く濁るのである。

採った砂鉄は、蹈鞴(たたら)という精錬炉で木炭を燃焼させ砂鉄を溶解し粗鋼を得るのである。製鉄は山川をいちじるしく荒廃させる。一万斤の鉄を作るために砂鉄は五万斤。その精錬に木炭を六万斤も消費する。六万斤もの木炭を得るには、小さな山なら禿げ山にするほどの木を伐らなければならない。それに原材料の砂鉄を採るには、その二〇倍もの土砂を流すのだ。これほど自然を破壊する産業はないといえるだろう。

昨年（天武五年）、大海人天皇は畿内で伐木することを禁止した。しかし全面禁止したのではなく許可制で、一部ではやむを得ず続けていたのであるが、鉄（くろがね）作りの主産地は播磨から出雲地方へ移りつつあった。

それでも真朱（まそお）といわれる水銀朱をはじめ、金（こがね）・銀（しろかね）・銅（あかがね）の生産は続いていた。

初夏の明るい日差しが照りつけている。緩やかな坂道が曲がりくねりながら続いていた。兄、角範からの便りでは、天皇（すめらみこと）さまはお后さまと共に、朝から長谷の大明神さまの社（もり）に神事に来られるという。それで兄も呼ばれており、姉の豊与（とよ）も来るので久しぶりに会おうというのだった。正午頃に境内で会おうとあった。

「フキメ、少し急ぎましょう」

伊与は「栗」の歩を早めた。

善城の邑（むら）に入るころからフキメは遅れ始めた。二の鳥居が前方に見える。

「フキメ！　先に行くよ。あとからゆっくりおいで！」

伊与は振り向いて叫ぶと、もう駆け出していた。

二の鳥居を過ぎて、秋つ山を越え、下り道を行くと清流に出逢う。この川が丹生川で、銅岳、銀岳のほとりを流れ、下流で吉野川に注ぐ。この辺りは丹の産地で吉野丹生族の本貫の地であった。

「丹」とは硫化水銀（朱）、四塩化鉛（丹）、褐鉄鋼・赤鉄鋼・酸化鉄（赭）をいい、その生産・精錬を主に生業とする部族を丹生族というのである。

丹生川に沿った道は緩やかであった。その道を朱の裳を風になびかせて伊与は駆ける。首筋から汗がにじみ、白妙の衣が汗ばんでくる。空を仰ぐと日は高くなってきている。流れは光を浴びて、きらきらと輝いていた。川の向こう岸は、間近まで急峻が迫っていたが、こちら側は少し開けた感じで何軒かの家が邑をなしている。しばらく行くと向こうの杜の合間に大きな朱の鳥居が見えてきた。

大海人皇子

鳥居の前では先程から、神官が二人、人待ち顔でたたずんでいた。横の石塔には「丹生川上神社」と刻まれている。

浅紫色の袴を付けた年上の神官は空を見上げた。長谷祝(ながたにのはふり)から額田稚姫を、正午頃出迎えるように言い遣っていたからである。見ると、日輪はもう真上に来ていた。

(もう来られる)と思ったとき、蹄の音がして妙齢の女が駆け込んできた。一目で額田稚姫と知れる。もう一人の浅葱(あさぎ)(浅緑色)の袴の若い神官が轡(くつわ)を取ると、ひらりと裳(も)を翻して女は馬を降りたった。

「ワカヒメさま。ようお越しなされました」

年上の神官は懐かしそうに挨拶をする。

伊与の乗馬は若い神官に向こうの厩(うまや)へ引かれていった。

「スメラミコトさまは?」

伊与が一番気に懸けていることを先に聞いた。

「昨日からお越しになりまして、本日早暁より神迎えの神事もお務めなされました」

「姉や兄も来られていますか?」

「はい。ご一緒にお務めなされました」

「すぐに会えますか」

「今は客殿に居られますが、先ずは神前にご拝礼なされませ」
老神官は伊与を神殿へ案内していく。

伊与の姉は銀峯山、丹生小竹宮(しののみや)のヒメミコ「豊与(とよ)」。兄は「角範(かくはん)」といい、井角乗(いのかくじょう)の嫡男である。つまり伊与は吉野真人(よしののまひと)・角乗の末娘だった。幼少の頃より父・角乗は伊与を、宇智郡(うちのこほり)布々木、丹生天野宮(あまののみや)のヒメミコにするつもりでいたのだが、大海人皇子(おおあまのみこ)のすすめで、額田宿禰の家に養女として入らせたのである。額田宿禰に適当な宗女がいなかったからだった。実父の角乗は大海人皇子とは旧知の間柄だった。同じ漢国の血をその先祖に引いていることを、お互いに感じていたからである。

その昔、敏達(びだつ)朝の頃、吉野・井光(いひか)族は首(おびと)に百済の王族を頂いたことがある。製鉄の新技術が必要だったからである。元々、ヤマトの民は混血民族だったので渡来人に対しての偏見は全く無いと言って良い。この王族は百済人だったが、先祖は漢王朝の出であったという。

一方、大海人皇子はというと、漢の高祖を崇拝していた。漢の高祖はその母が龍と交わって生まれたといわれ大海人も又、龍の申し子を自称していた。実際その出自ははっきりとはしていなかったが幼時は紀王に育てられ、のちに皇極女帝に引き取られたらしい。

そのことからしても先帝・天智の実弟というのは疑わしかった。

青年期の大海人皇子は、よく吉野に来ていた。井光の長老に道教を、比曽寺の唐僧に仏教を、役行者・小角に修験や武道を学んだ。

角乗も大海人と共に学び共に山野を跋渉した。その頃に二人の教養と体力が養われたのである。

特に小角は二人にあらゆる知識を伝授した。彼は葛木の鴨氏の一族、役公の出自で、いわゆる優婆塞といわれる在野の修行僧であったが、博識で仏教は言うに及ばず、道教や神仙術、占星術、錬金術、呪術など、あらゆる内外の秘術に通じていた。

小角は二人より十歳ほど年上で、師匠でもあったが兄弟のような交わりをしていた。角乗などは尊敬のあまり、元、光乗といった名を小角の一字をもらい「角乗」と改名したくらいである。しかし、壬申の乱で大海人皇子が勝利を収め、天皇として即位してからは側近参謀として、小角と角乗は同格で大海人天皇（天武天皇）(2)に仕えるようになっていた。

伊与は玉垣の内側を老神官の後から進んだ。右側の手水舎で手を清め口をすすぐと、玉砂利を踏んで老神官に案内され、まっすぐ拝殿に向かって歩いていった。

境内は美しく掃き清められていた。南向きの真新しい神殿は光を受けて照り輝いている。

左の客殿からは人々のざわめきが聞こえてくる。

右の玉垣の向こうに衛兵の姿が見える。飛鳥宮から大海人に従ってきた従者であろう。

しかし供の人数は意外と少ないようだった。

前方に三人の姿が現れた。威厳のある武人を先頭に、その后（きさき）らしい高貴な婦人と神官である。正面の石段をこちらへ近づいてくる。

「あっ、大海人皇子さま」と小さく声を出してしまってから、（スメラミコトさま）だったと気づいた。

大海人は紗の冠に錦の御衣、深紫の袴に黒作太刀（くろつくりのたち）を佩（は）いている。貴婦人はといえば、朱華（はねず）の衣（きぬ）に深紫の裳といった装いである。

ミコトの妃には宗像君の娘・尼子娘（あまこのいらつめ）や菟野の姉、大田皇女（おおたのひめみこ）がいたが、目前のこの婦人は正妃の菟野讃良皇女（うののさららのひめみこ）であると伊与は直感した。その後ろに続いているのは丹生川上祝（にうかわかみのはふり）であることが分かる。白麻の上衣（うわきぬ）に同じ白麻の袴には左三ツ巴の神紋が入れられていた。

こちら側の老神官は素早く横手に引き下がり、跪拝して道を譲る。伊与もそれに倣った。

跪拝した二人の前を大海人は通る。しかし、后は立ち止まると、

「お前が額田の稚姫か」と伊与に向かって言った。

「はい、お后さま、今木の娘でございます」

「して、今日は何用で参ったのじゃ」

「姉に逢いたくて参りました」

前に立ち止まっていた大海人が、こちらを振り向いて言った。

「后よ。その娘は若桜の妹じゃよ」

そう言うと大海人は先に歩む。小竹宮（しののみや）は若桜宮ともいうので、つまり小竹宮のヒメミコ豊与の妹だと言ったのである。

后は急ぎ足であとに続いていった。

伊与は拝殿まで進むと、正面の神殿に向かって拝礼し、柏手（かしわで）を打つ。

「丹生の大神さま、御世（みよ）の彌栄（いやさか）を成させてください」

心からの祈りを、スメラミコトとこの御国のために捧げた。

その日は夜明け前より、神事の用意が進められ、夜明けと同時に神迎えの神事が執り行

われていた。丹生川上の社へ新たに、龍神であり、水の神でもある「オカミ神」を奉斎する儀式である。

この神事は天武朝にとって重要な意味を持っていた。それはこの地の産業の中心を、今までの漁猟や採鉱の生活から稲作中心の農業へ転向させる意図があったからである。それで稲作には無くてはならない水の神を奉祀させることにしたのだった。

稲作は数百年も前から行われていたが、今までなかなか広まらなかった。大変な重労働であったからである。農具も不完全なものであったし、水利もままならず、一部の条件に恵まれた地域のみにとどまっていた。

それは労働においても、以前よりの採取や漁猟、採鉱の生活の方が、まだしも楽であったからである。時代を経て鉄器が普及し、農具も改善され、大規模な灌漑工事ができるようになって、初めて稲作が一般化し始めたのである。

朝廷は既に、平坦部から田地を開発し、稲作を促していた。そして山の民のイツモ族、採鉱の民であった葛木の鴨族、山城の鴨族、海の民であり採掘・精錬の民でもあった尾張族などの内、多くの人々を稲作に転業させている。

しかし一方で蝦夷(えみし)や熊襲(くまそ)、隼人(はやと)などの一部は、頑(かたくな)にヤマトの支配下になることを拒み、稲作への転業を拒否して、東北や南西の僻地へ逃れていった。

さて、水の神・龍神の奉祀は大海人にとって他にも意味があった。

龍の申し子を自認している大海人は、龍を祀ることは自分を崇めることにつながることを知っていた。それに「天文遁甲を能くし[3]」陰陽五行説に明るく、天地・神霊の理を知悉していたので水の神を祀らせたのである。それにはこういう意味があった。

乙酉年に生まれた大海人は木徳の人である。誕生日は養父・紀王から聞いていた。

大海人の命宿は井泉水、四神は青龍、色は青、季節は春、方位は東にそれぞれ配当されている。そして、縁の動物は犬で、天の数は三、地の数は八となっている。

古代中国の哲学では、この世は万物を構成する五つの元素、木・火・土・金・水で成り立っていると説かれ、あらゆる自然現象がこれで説明される。水と木の場合「相生」の関係となり、水は木を生む、又は水は木を助けるという意味に捉えられる。水生木・木生火・火生土・土生金・金生水・水生木と循環する。

逆の関係を「相剋」といい、水剋火・火剋金・金剋木・木剋土・土剋水・水剋火と同様に循環する。

この陰陽五行説でいう水の神を祀る意味はこうである。

丹生大明神は金精明神（こんしょうみょうじん）とも言い、金に表象される。その金が水を生む。つまり水の神を生むのだ。水の神は龍でもあり、水は木を生み育む。その木は大海人自身でもある。
そういうわけで木徳の人・大海人は水とは切っても切れない関係なのである。
ともあれ、本日早暁に執り行われた、「神迎えの神事」は大海人を主賓に、丹生川上祝、小竹宮のヒメミコ豊与によって粛々と進められ、丹生大明神と共に、罔象女（みずはのめ）が並祀されることになった。（ミズハノメはクラオカミやタカオカミと同じ水の神で龍神でもある）
神事は昼前には全て終了し、神事に参列した人々は客殿に参集していた。

直会（なおらい）の宴（うたげ）が今、始まろうとしていた。

老神官に伴われて伊与が客殿に入ってくると、皆が一斉に振り向いた。それだけ際だった美しさだったからである。その中に兄がいた。姉もいる。

父もすでに着席していて隣の小角と談笑していたが、ちらりとこちらを見る。

しばらくして「スメラミコトのお出まし」と告げられると、それまでざわめいていた会場は水を打ったように静かになる。

后を伴って大海人天皇が現れ上段正面に着座した。

お言葉があり、直会の宴になるとそれまでの緊張が解けて下座の者たちも宴を楽しめる雰囲気となる。

いつものように吉野での大海人の宴は形式張らず、まるで身内の宴会のように自由に意見を述べられ、飛鳥宮とその雰囲気を異にしていた。

宴もたけなわとなった頃、伊与に大海人からお声がかかった。

正面に進み平伏する。

「ワカヒメよ、久しかったの」

はい、と伊与はうつむいたままで顔も上げられない。

（……スメラミコトさま、伊与も又お会いできて嬉しいです……声も出ない）

「もう、何年になるか。随分と美しくなった。そなたが幼い頃、抱いてやったこともあったよの」

会えただけでも嬉しいのに、伊与は胸が熱くなる。そっと顔を上げて大海人の目を見る。たちまち涙があふれてきて、目がかすみ大海人の顔が見えなくなった。

あとは又、うつむいているだけだった。

続けて大海人は言ってくれた。

「さぁ、もうあとは遠慮はいらぬぞ」

大海人は壇上から下りてくると、伊与を促し父の角乗の前へ連れていった。

大海人は角乗と小角の間に割ってはいると、どっかと着座してしまう。

伊与は先ず、大海人に酌をすると、父に挨拶をし小角にも挨拶を交わした。

三人の男たちは兄弟のように談笑している。それを見ながら伊与は子供の頃を思い出していた。

丹生川で遊んでいた時だった。

川中の岩の上で伊与が姉と兄の三人で遊んでいると、ヘビが急に出てきた。姉と兄の二人は伊与をおいたままで川に飛び込み泳いで逃げてしまった。小さかった伊与は泳げず、岩の上に一人取り残されて助けを求めて泣き叫んだ。それを近くにいた大海人皇子、今のスメラミコトが助けたのである。すぐに川に飛び込んで伊与を救いに来ると岸まで連れていき、泣きじゃくる伊与を抱きしめて慰めたのであった。

それ以来、伊与は「みこさま」「みこさま」と言って大海人皇子を慕ったのである。

成長してからも、そのときに優しく抱きしめてもらった感触が忘れられず、恋心さえ抱くようになっていた。伊与は同年代の異性には魅力を感じないのに、親子ほども年の違う大海人に今も恋をしているのだった。

大海人にお酒をつぎながら、伊与は先程から鋭い視線を感じていた。それが誰の視線かは見なくても分かる。菟野皇女さま、お后さまであることが伊与には分かった。

伊与は大海人に許しを得て、姉の豊与のそばへ行く。

「姉さま、お久しゅう」

伊与は丁寧に挨拶をした。

姉は丹生小竹宮のヒメミコである。この神社は銀峯山にあり、若桜宮ともいわれ、丹生族の元宮として崇敬されている精錬の神であった。その神に仕える豊与は一族の象徴でもある。父の角乗は古来よりの習わしとして、小竹と天野のヒメミコは姉妹でなければならないと、小竹宮は姉の豊与に、丹生天野宮は妹の伊与にと考えていたのであったが、推古天皇ゆかりの今木の額田部の宗女となってしまった。

「兄さま、おなつかしゅう」

次は兄の角範の前へ進むと同じように挨拶をした。

角範は姉の豊与より三つ下である。父・角乗の嫡男として、井光一族を束ねる実力を備えてきており、「井の若」と呼ばれ慕われていた。

直会の宴は、盛り上がっていた。

今、ここに会している者たちは、全て大海人の側近の有力者ばかりであった。当麻真人国見(たいまのまひとくにみ)、息長真人坂田(おきながのまひとさかた)、鴨君蝦夷(かものきみえみし)らの面々である。

なかには壬申の乱以来の再会者もいて、武辺の話に花を咲かせている者もいる。壬申の乱では井光をはじめとする丹生族は、あげて大海人の味方をした。大和の豪族はほとんど味方になったと言っても良い。南から紀氏、井氏、神(みわ)氏、大伴氏、巨勢氏、葛木氏、尾張氏、それに息長氏などが天武朝の誕生に期待したのだった。

特に大海人側の戦闘部隊長、角乗の弟・男依(おより)は、一族を中心とする大部隊を率いて大活躍し、大海人に大勝利をもたらす原動力となったのである。男依は以前より、一族郎党を引き連れ吉野を出、東国に移住して、葛城・高尾張邑(たかおはりむら)出身の者達をも糾合して一大勢力を築いていたのだった。東国のこの地を尾張というのは、高尾張の地名に因んでいるのである。

近江朝の大友皇子を倒すと、大海人は名実ともに大王となり都を飛鳥に定めて、飛鳥・浄御原宮(きよみはらのみや)で即位した。

群臣の一人がこんな歌を詠んだ。

大君(おおきみ)は神にしませば水鳥のすだく水沼(みぬま)を皇都(みやこ)となしつ　(『万葉集』巻十九―四二六一)

大和盆地一帯は、太古は大きな湖であったといわれ、この時代に於いても湿地帯が多く、大海人は大規模な灌漑工事をして都を築いたのであった。

いまこの直会に集う者は壬申の乱以来の功労者ばかりであった。

しかしこの宴席には壬申の乱で活躍をした高市皇子をはじめ長子の草壁や大津など六人の皇子たちは一人も呼ばれていない。飛鳥宮の文武官もわずかな側近を連れてきただけであった。さらに大海人の后たちのうち、同席させたのは正妃の菟野皇女だけである。吉野宮の宴に呼び寄せられたのは、大海人が心より信頼できる人間に限られていた。なぜなら、この宴の席が天武政権の中枢、作戦本部として機能していたからである。さらにはこの時点では六人の皇子のうち、誰を東宮(とうぐう)(4)にするか思案中であったからである。

宴は今たけなわであった。

こよなく愛する吉野の地で旧来の友とまみえるこのひとときは、大海人にとってかけがえのない喜びであった。

明くる日、大海人天皇は広瀬大忌神（ひろせおおいみのかみ）と竜田風神に幣帛（へいはく）(5)を奉った。

井光（いひか）の長老

山里といっても夏の朝の日差しは、もう、ぎらぎらと山々の青葉に照りつけていた。

早朝、飛鳥を発った大海人天皇（おおあまのすめらみこと）は、わずかばかりの供を連れて那珂宮（なかのみや）に向かっていた。今日は今木（いまき）の長・額田宿禰（ぬかたのすくね）が献納した駿駒に乗ってきている。少し遠道ではあったが急いでいるわけではなかったので、道の良い「下つ道」を通ってきた。

飛鳥檜前（あすかひのくま）より市尾、葛（くず）の丹生谷を経て、奉膳（ぶんぜ）を通り今木を経て、吉野川沿いを東へ向かう。この道は伊勢へ通じる道でもあった。

しばらく進んでいくと吉野川をはさんで南側に背山（せやま）が見え、対峙するようにこちら側の北岸には妹山（いもやま）がある。

その妹山のふもとの杜（もり）に大海人は馬を乗り入れていった。この邑の氏神に参拝するためである。

その大名持神社には、大名持、須瀬理比売、小彦名が祀られており、壬申の乱の時、この大名持の神を奉祭する者たちの力に頼ったからである。それに大海人の供にも、縁の者がいる。神氏（三輪氏）、葛城氏、巨勢氏がこの系統の神を祭祀しているからであった。もともとこの神も、採鉱・精錬・製鉄の神なのである。

大海人の一行は参拝を済ますと、東へ向かう。この宮前が分岐点になっていて、南は熊野道となる。伊勢道を東にしばらく行くと左手に那珂宮が見えてくる。

この那珂宮では、額田女王が大海人の到着を待っていた。

額田女王は大海人との間に十市皇女をもうけたあと、先帝・天智天皇（中大兄）の後宮となり、先帝の死後、再び大海人のもとに身を寄せていたのだった。

大海人は、大名持神社の東にこの「那珂宮」を、そして秋津の吉野真人・井角乗の屋敷の近くに「吉野宮」と、二ヵ所の離宮を新たに建設していた。正妃の菟野讃良皇女を伴った時は吉野宮へ、額田女王やその他の妃は那珂宮へ連れて行くのが通例だった。

離宮のあるこの地一帯は、加美、那珂、資母、吉野の四地区に分けられており、丹生川上神社のある長谷から、金岳・銀岳・銅岳の吉野三山をふくむ穴生あたりまでがヨシヌで、之努（しぬ）＝小竹（しの）＝小野（しの）などと表記され、本来の「シヌ」または「シノ」に接頭語の「よ」を付けてよばれたのが吉野（輿之乃）の地名の起こりという。つまり「ヨ・シヌ」、「ヨ・シノ」というのは吉野川南岸の秋つ川から丹生川までの地域をいうのであった。

那珂宮は吉野川の北岸、妹山のすぐ東の台地にあって、南向きに建てられ、吉野の清流とその向こうの背山が見渡せる絶好の場所にある。

その建物の門前で額田女王は（もう、大海人天皇が到着なさる頃だ）とたたずんでいた。

大海人との仲を天智天皇（中大兄皇子）に裂かれ、後宮になってはその天智に先立たれ、ついで翌年の壬申の乱で大友皇子を失い、その后で娘でもある十市皇女まで死なせてしまった額田女王は、傷心のまま近江宮より大和の地に戻っていたのである。

近年は大海人の好意により飛鳥に呼ばれ、平穏な日々を送っていた。最愛の大海人と過ごせる時間は僅かではあったが寂しくはなかった。今は自然を愛（め）で歌を詠むことが楽しい。昔のように正妃の菟野皇女や他の女たちに対して、張りあったり嫉妬するようなこともなくなっていた。

一方、大海人は飛鳥宮での即位以来、忙しい日々が続いていた。各将に対する壬申の乱の報償に続き、律令の制度作りに着手したからである。その体制づくりのための人材登用や新しい身分制度についても再編成しようとしていた。また重要な国家的事業としての史書の編纂をも考えていたのである。

政務は、藤原不比等の他は特に大臣（おほおみ）をおかず、皇后・菟野がその殆どを補佐していた。皇子たちも政治に携わっていたが、大海人の仕事は多忙を極めていた。

時には休養と称して吉野宮に行くのだが、その殆どが重要な用件をかかえての行幸であった。井角乗や役小角（えんのおづぬ）たちに相談したり、吉野・丹生一族の長老の意向を聞く必要があったからである。

今日も一晩はこの那珂宮で過ごす予定だが、明日からは吉野宮に遷るはずであった。

（せめて今夜だけでもゆっくりと骨休みをしていただこう）額田女王はもてなしの料理の指図に付ききりだった。


吉野での一日目の夜を、那珂宮で額田女王と過ごした大海人は、昨日この吉野宮（離宮）に遷り、三日目の朝を迎えていた。

吉野宮は大淀渡しの南岸を秋つ川が吉野川に注ぐ川尻のあたりから、南に少し行った桃花（つき）の里にあった。すぐ近くには日雄寺（ひのおじ）があり、さらに南へ行くと先年建設した占星台のある金峯山（金岳）があって、この道をさらに行けば遠(と)つ川を経て熊野へ向かう。西へ行けば宇智(うち)を経て紀国への道。東は伊勢へ、南東へ行けば、長谷から天川を経て、やはり南紀へ向かう要衝であった。

大海人の政治(まつりごと)の表舞台は飛鳥宮だが、裏舞台は吉野宮であった。実際は裏舞台というより、この吉野宮は戦略本部としての機能を果たしていた。政策はここで生まれ、練られ、決定される。ここは大海人の政治の中枢で、あらゆるものが揃っており、武器・兵力・資力のどれでもすぐに動員できる体勢にあった。

この吉野宮のすぐ隣には、丹生真人(にうのまひと)・井角乗の屋敷がある。鴨役君(かものえのきみ)・小角もすぐ駆けつけてくれる。その小角は葛木山の麓に居を構えていたが、殆どそこには居らず、葛木山や金岳、銀岳、大峰の山々で修行の毎日を送っていた。それでも、いつでも連絡がとれるようになっていた。

吉野宮での大海人の執務は早暁から始められる。角乗や小角が夜の会合を嫌うからでもあった。今日も早朝から彼らと会うことになっていたので、大海人は夜明け前から起き出して待っていた。今日は特に角乗がその父、丹生井依(にうのいより)をともなって来訪することになっていた。もちろん、いつも通り小角も招いている。

大海人は自室の南側の縁から東の空を眺めていた。するとしばらく見ていると空が朱に染まり始めた。すると下方の山から一条の光が射し込んできて、あたりはにわかに明るくなってきた。

目を南に移すと手前に金岳の美しい山容が、東からの日輪に映えて輝いているのが見えた。その向こうには銀岳が重なり、続いて銅岳がかすんで見える。

（もう来る頃だな）大海人は自室に戻った。

戻るとすぐに来客の知らせがあり、続いて菟野皇女が井依翁を案内して大海人の部屋へ入って来た。会うのはいつもこの部屋だった。角乗や小角も一緒である。

「大王（おおきみ）、お久しぶりでござる」

井依はいつも天皇（すめらみこと）をオオキミと言う。

「これは翁（おきな）どの、ご足労をかけもうした」

井依翁は吉野の主とも言うべき、丹生の首族・井光（いひか）の長老であった。井光の年寄は他に井頭（いのかしら）、井口、井関、井戸といたが、本日は筆頭の井依だけである。井依は吉野三山の一つ、銅岳に庵をつくり隠棲しているが、なお絶大な力を持っている。

大海人は翁の息災を喜び、翁もまた大海人の皇子たちの様子を聞き世辞を述べる。

近頃、大海人はこうした席には必ず正妃の菟野皇女を同席させるようにしていた。今も傍らに着座して話を聞いている。

それぞれの座所には、椀に入った飲物が置かれて湯気が立ち上っていた。

「これは、三輪山で採れた蜂蜜入りの白湯じゃ。まぁ飲んでみてくれ」

大海人は両手に持った椀に、息を吹きかけ一口飲んでから言った。

蜂蜜の甘い香りが漂ってくる。三人は椀を手にしてひとくち口に含んだ。

「これが百済の伎人が採っているという、噂の蜂蜜ですか」

井角はふたくち目を飲んでから言った。

「そうじゃ、美味しいであろう……ところで井角、手文の件はどうじゃ？」

大海人は井角乗のことを、親しみを込めてイカクと呼んでいた。

「小角はどう思う？」一方、鴨小角のことは同じくショウカクと呼んでいる。

「どうじゃ？ 話は井角から聞いているであろう？」大海人は続けて言った。

手文の案件とは大海人が井角に送った書状のことである。それは「仏教」の問題であった。推古天皇の治世に聖徳太子が難波に四天王寺を建立して以来、仏教は急速に興隆してきていた。

国家鎮護と学問の普及のためと考え、大海人も先帝の天智に引き続き、吉野に日雄寺や飛鳥に高市大寺を建て仏教を擁護したのであるが、最近は疑問を持ち始めていた。それは仏教の力を利用して旧蘇我氏系の勢力が又、頭をもたげる憂いがあったからである。ほかにも各地の豪族が斎祭る神々との軋轢も問題だった。大海人はこの神仏の問題に一番頭を悩ませていたのである。手文はこの問題について意見を求めた内容だった。

「しからば……」と小角がはじめに答えた。

それがしが思うには、仏教には偉大な学問がある。上は天文から下は地理まで、全ての知識が網羅されていると言うのである。

各地に寺を建て、全て国営とし民にも学問を普及させる。そしてそれらを総本山ともいうべき大官大寺に管理させれば良い。各地豪族の氏神はその下に組織する。そのようにして寺を利用し国を治めればよいのではないかという意見であった。

「私はかようにおもいます」次は井角が答える。

小角どののご意見は尤もだが、仏教は西の外つ国の教えと聞いている。学問としては結構だがこの国には馴染まないと思う。それに蘇我氏をはじめとする旧勢力が利用するのではないかと心配だ。仏教には国としては一切援助せず、むしろ神道（かみのみち）の下に仏道（ほとけのみち）を組織する方がよいと思うというようなことを述べた。

大海人は聞きながら考えていた。

（自分自身の考えは井角に近い）、大海人も仏教には馴染めなかった。

仏門に学んだことも一時はありもしたが、仏像そのものにも寺の建築についても、あの独特のきらびやかさが好きでなかった。教えにも違和感がある。何となく神社（かみのやしろ）の清楚な端正さの方が好きであった。それに井角が言うように旧勢力のことも心配である。

「翁殿の考えは如何でござろう?」

大海人は一番聞きたかった井依翁の言葉を待った。井依は話し始めた。

「その昔、我々の祖先は南から来た。南紀に上陸し、熊野の川を遡り、山を越え、沢づたいに鉱脈を求めてこの白銀（しろかね）の御獄（みたけ）に辿り着いたのじゃった。その時我々の祖先は既に鉄の技術を持っていた。古い技術であったが鉄はできた。それは川の植物に組成する鈴、いや、さなぎのようなもので振ると音がした。この『鉄のさなぎ』を低温で精錬して鉄を作る方法じゃった。しかし、このさなぎは清流にしか生成しないものじゃった」

翁はここで一息入れると、又話を続けた。

「その頃、この地には既にイツモ族が居た。我々の先祖は彼等の娘をめとり、同化していった。さらにのちには外つ国の血も入れた。新しい製鉄の伎人が必要じゃったからじゃ」

翁はさらに続ける。

「我々は多くの血の混じった民であったが、一貫して我が丹生一族は、精錬や製鉄にかかわってきた。そして我等一族の子孫たちは、この国の各地へ鉄の技術を伝えるために散っていったのじゃ」

大海人は静かに聞いていたが、ここで小さな咳払いをした。

「大王、年寄りが今まで長々と話をしたのは、実はこの国の民族のことを言いたいためじゃ。この国の民は我が一族に限らず、実に様々な国の民族の血が流れておる。それを単一国家として統率するには精神的な背骨が必要じゃ。それが宗教じゃと思う。一つは神道、もう一つは仏道じゃ」

息子の角乗、鴨小角も身を乗り出して聞き入っている。

「中心はやはり大王が信奉する神道でなくてはならぬ。かと申して仏教を禁止するわけにもいかぬと思う」と井依翁は続けた。

「やはり神道一筋にはできぬか」

大海人は不満そうに言う。

「神道には定かな教義もないが、仏教の方は教典もあって宗教としての形も整い、むしろ一般民衆には仏教を宣布した方がまとめやすいのではありますまいか」と翁は言い、神道の下に仏教を位置付け、それを以て国家安立の柱となるような、神と仏を習合した信仰様式を作ればよいのだがとも言った。

そしてまた、各地の豪族が斎祭る「国つ神」といわれる氏神の祭祀統制をするため、例えば伊勢神宮（いせのかみのみや）を「天つ神」として、氏神の上位に奉斎させる形式を考えねばならないとも言う。

「国家の基盤は……」と翁はさらに続けて言う。

「鉄と米だ」と言うのである。

言い換えれば武器と食糧だが、この食糧を生産するためには鉄の農具が要る。つまり鉄と米を握った者が国を制すると言うのであった。

「しかしそれよりも大事なのは……」と井依翁は語る。

国家が存続していくためには共通の歴史認識や価値観、愛国心といったものが求められる。混血民族であればなおのこと、共有の国家意識が必要であるというのである。

そのためにも、この国の正しい歴史書を作ることが急がれると翁は説いたのである。

この意見には大海人も全く同感であった。先年すでに飛鳥宮で史書編纂のための下準備を官史に命じてある。

そのあとは菟野も加わって政治の諸事一般について話が交わされた。

朝餉（あさげ）の刻になり菟野が退座すると、

「実は東宮のことであるが……」と大海人が切り出した。

東宮（皇太子）は草壁皇子と決めてあったが、病弱で人望もない。それにひきかえて大津皇子は文武両道に秀で人望も厚く、大津こそ皇太子にふさわしいと思うのは、衆目の一致するところである。大海人としては大津を皇太子にしたいと思うのだが、如何なものかというのである。

「それでは大后（おおきさき）さまが承知致しますまい」井依翁は賛成しなかった。大海人が井角や小角の顔を見ると、どうやら彼等も同じ意見らしい。

（皇太子は草壁にするほかはない）と大海人は考えざるを得なかった。

女官が朝餉の用意が整ったことを告げに来た。

「では大王、吾はこれにて失礼申す」

翁は他所では殆ど食事を摂らないのである。特別な菜食をしているらしかった。大海人と井角、小角の三人は玄関まで翁を見送りに出る。菟野皇女も顔を出し、さらに表門まで見送りに出た。

朝餉を済ませると菟野を交えた四人は、政治の具体的な詰めにはいっていった。その頃、新羅は朝鮮半島を統一し始めていた。

巨勢里（こせのさと）

今日も伊与（いよ）は「栗」に乗っていた。

お供には、いつものフキメが驢馬に乗りついて来ている。

今木（いまき）の里のはずれの大きな槻（つき）の下では、すでにセノオが待っていた。傍らには黒鹿毛の馬が居る。この馬は最近願いがかない、伊与の口添えで額田宿禰（ぬかたのすくね）より格安で手に入れた愛馬であった。

セノオは伊与に気づくと馬に乗り、手を振りながら駆けてきた。

「ワカヒメさまァ」と叫んで近づいて来る。

「どうです？ 上手くなったでしょう」と伊与の目の前でくるりと馬を返してみせた。

もう見事に乗馬の腕を上げてしまっている。

「では早速ご案内しましょう」

セノオが先に立ち、馬を歩ませていく。

行く先は高市郡(たけちのこおり)・巨勢里、唐笠山の大穴持(おおなもち)神社である。

伊与は姉からこの神社の話を聞き、一度参拝したいと思っていた。

先日セノオに会い、この神社への道を聞いたところ、案内すると言いだしたのである。

顔見知りでいつも親しく言葉を交わしているのに、同行するとなるといつも断ってばかりいた。セノオが馬を手に入れたということもあり、今度ばかりは断りきれず案内を頼んだのである。


奉膳(ぶんぜ)を通り巨勢へ向かう。この辺りの道は比較的緩やかなところが多く、川に沿った水利の良いところから、水稲耕作がなされていて、黄金色の稲穂が僅かに見える。巨勢に入ると所々の山は伐木され地肌をさらしているところが見受けられる。斜面に穴を穿ち採鉱しているのである。巨勢の一族は銅の生産が生業であった。

川は鉱山のためかかなり濁っていた。川に沿った左側の道を下っていくと集落があり、その邑の中程に木橋が架かっていて、その向こうに、丸太をそのまま使った黒木の古い鳥居があった。どうやらそこが目指す神社らしい。

「ワカヒメさま、あの山が唐笠山です。あの山上に大穴持神社がございます」

セノオは山を指さして言った。見ると急な坂道が山上に向かって続いており、それが参道だと思われた。とても馬に乗っては行けそうにない。

振り返ると、フキメはかなり遅れてはいるがついてきている。それでも二人はフキメを気遣い、馬を走らせずゆっくりと歩かせてきたのだった。参道横の灌木に馬を繋ぐとフキメを待つ。フキメはやっと追いつくと、ずり落ちるように下馬して鳥居の前に座り込んでしまった。

「フキメ、お前はゆっくりと休憩してここで待っていなさい。私たちは先に行きます」

「ワカヒメさま。もう少しお待ちください。私も一緒にお供します」

やはりついて来るつもりらしい。

それでも伊与はほっとした。セノオと二人だけでこの山道を歩くとなると、やはり気が引けるのである。少し休憩することにした。

しばらくしてセノオを先頭に三人で歩き始める。足が滑って転げ落ちそうになるほどの急坂である。案の定、フキメは遅れ始める。二人はどんどん先に登っていった。

この山は以前に伐木したのか樫(かし)や櫟(くぬぎ)の大きな切り株がいたるところにあり、今は雑木と共に小さな杉や桧が育っていた。精錬用の木炭を作るため伐採された跡に植林されたものだった。

山道は蛇行しながら上に続いていた。セノオは伊与を気遣い、後ろを振り返りながら登っていく。

「ワカヒメさま、お手をどうぞ」

はじめは意地を張って一人で歩いていた伊与も、とうとうセノオに手を引かれていた。下を見てもフキメの姿は見えない。かなり遅れているらしい。

杉や桧の小木の間に色づきはじめた灌木が晩秋の風情をかもし出していた。

懸命に歩いているので、汗ばんで来る。

突然、「あッ」と伊与が叫んだ。落ち葉に足を滑らせたのだ。

手を繋いでいたセノオも同時に「オーッ」と叫んで転んでしまう。しかし転びながらも咄嗟に自分の身体を下にして伊与をかばい、必死に下への転落を草をつかんでさけた。左手で伊与を抱きしめ、右手で草をつかんでいる。伊与がはッと気づいたときセノオの顔が下にあった。伊与は全身をそっくりセノオの身体の上に預けてしまっていたのである。下から澄んだ目が見つめていた。

伊与も上から若者の目を見る。二人はしばし見つめ合った。

伊与は胸に疼きを感じ頬があつくなった。その途端、セノオは飛び退く。その時に起こった風に伊与は男の臭いをかいだ。そして好ましい臭いだと思った。まったく異性を意識しなかった相手に対するこの感覚に伊与は戸惑いを覚えた。

伊予は無言で起き上がり、裳裾(もすそ)を直した。

二人が立ち上がって黙ったまま歩き始めたときフキメの姿が見え、近づいて言った。

「ワカヒメさまッ、衣服(きぬ)が汚れていますが、どうされました」

二人の様子を見てフキメは訝しげにたずねた。伊与は、転んで助けてもらったことを話し、今度は三人揃ってゆっくりと山上を目指して登っていった。

山頂の開けたところに拝殿があった。

しかしこの大穴持神社には神殿はなく、その拝殿は石垣の上に建てられ、あたかも砦の形をなしていた。人の気配はなかった。この付近も大きな木はなく、とても見晴らしがよい。この拝殿から見える南前方には、金峯山(きんぷせん)、銀峯山(ぎんぷせん)・櫃ヶ岳(ひつがだけ)が遙拝できた。つまり、金・銀・銅の吉野三山が、この神社の神奈備(かんなび)なのであった。

伊与は石段を上がると姿勢を正して拝礼する。次にフキメ、続いてセノオが伊与に見習い拝礼した。

(姉が話していたとおりだった)

前方を見ながら伊与は考えていた。

一番向こうの銅岳には祖父の井依(いより)が居る。次の銀岳には姉の豊与(とよ)が居て、金岳に年寄・井頭(いのかしら)が居り、吉野三山の祝(はふり)はすべて丹生一族が占めていた。

伊与は思う。

「大穴持」と「大名持」は同名で、「大国主」と同神だといわれている。この神を祀る大穴持神社に神殿はなく、神体山である吉野三山を遙拝している。又、同じ神を祀るという、三輪神社にも神殿はないのである。この大国主と丹生大明神との接点は、同じ精錬・製鉄族の崇める神という共通点があった。しかし、どうして大国主を奉斎する部族が、吉野三山を遥拝するのかは分からなかった。伊与が養父の額田宿禰から聞いた話によると、この大穴持神社は巨勢氏の氏神で大穴持や事代主(ことしろぬし)、製鉄の女神・下照姫をお祀りしているという。そして元は三輪神社ともいうのだそうである。

それにしてもなぜ吉野三山を遥拝するのだろう。一度祖父の井依に聞いてみようと思った。

三人は肩を並べてそれぞれの思いを胸に、前方にそびえる吉野三山を眺めた。遥か向こうに紀伊の山々が霞んで連なっていた。

山を下りての帰り道、すぐ後ろに従ったセノオは「金峯山に一度行ってみたくなりました」と馬上の伊与に話しかけた。

伊与はつい、「次は私が案内してあげる」と言ってしまって頬を赤らめた。

黄金岳（こがねだけ）

山々は、峰の方から色付き始めていた。

伊与（いよ）はいつものように「栗」に乗り、フキメを連れて大淀の渡しへ向かっていた。セノオとの約束を果たすためである。

今木（いまき）の丘まで来ると、渡しで待っているはずのセノオが、鳥居のあるところまで迎えに来ていた。

見ると今日はいつもの貫頭着（ちはや）ではなく、綿の早袖（ふく）に麻布の袴を付けている。見違えるような凛々しい若者に生まれ変わっていた。

伊与の方はといえば、いつもの普段着で短衣（きぬ）に袴であった。この袴は里の養母が乗馬用にと胡服の袴を女用に作りかえたものであった。女はほとんど乗馬をしなかったからである。

大淀の渡しまで行くと、いつも通り伊与とフキメは舟に乗り驢馬を乗せ、向こう岸へ渡る。

伊与の乗馬は、セノオが自分の乗馬と共に、手下に手伝わせて手綱を引いて川下の浅瀬を行く。

渡った南岸の秋つ川が吉野川に流れ込む川合に開けたところが、桃花里（つきのさと）である。そこには天武天皇の吉野宮（離宮）がある。そこから少し南へ、遠（と）つ川方面に延びている道を行くと、その辺りがいにしえより「ヨシノ」といわれた吉野の本郷であった。

吉野宮を右手に見ながら、セノオを先頭に三人はそれぞれ馬に乗ってさらに南へ向かった。

坂道を上っていくと樺の木峠へ出た。その右手西方の山が金峯山（きんぷせん）である。樺の大木のすぐ横に鳥居があり、山頂に向かって参道が延びている。この道は村の人達が「黄金岳」と呼んでいる金峯山への登山道でもあった。

そこまで来た三人は下馬して休憩をとった。その先は三叉路になっている。そのままこの道を南へ行くと古田の里から、遠つ川を経て熊野へいたる道。西へ行けば宇智郡（うちのこほり）へ出る。

しばらくして三人は鳥居をくぐり、参道を頂上目指して登って行った。

この辺りの邑々（むらむら）はいたるところで煙が立ち上っていた。

白い煙は木炭を焼く煙、黒い煙は精錬の煙である。ここから南の一帯は、いわゆる丹生(にう)の里で山々に穴を穿ち、丹や金属を採掘精錬していた。

精錬には木炭が要るのである。

この黄金岳は栃原岳(とちはらだけ)ともいわれるくらいトチやクヌギが密生していたのだが、木炭を作るためほとんど伐木され、いまは建築用材として杉や桧が植えられていた。木はまだ小さいので歩きながらも周りの村々が良く見渡せる。

登っていくと頂上付近に真新しい寺が建てられていた。山門に「金山寺(きんさんじ)」と書かれている。

そこから少し登った先が目指す金岳の頂上で、そこに「波比売(はひめ)神社」があった。

この山頂の社も周りの古木はわずかで、自分たちが今、登ってきた道とともに北には東から西に流れる吉野川、その向こうに飛鳥の都、遠くに葛木の山々から二上山(ふたかみやま)まで見渡せる。

三人は首を回して見渡した。

西は宇智から布々木の里。すぐ南には間近に銀岳(ぎんだけ)、続いて銅岳(どうだけ)と続き、遠く向こうには、うっすらと熊野・紀伊山地が広がっていた。

ひととおり見渡して伊与は先に立って拝殿へと向かう。そのあとをフキメが続く。

伊与が振り返って見ると、セノオはまだ辺りを見回していた。セノオを促して拝殿への石段を登ると、向こうに白髪の老人がいて、こちらへ向かって手を挙げた。井光（いひか）の年寄・井頭（いのかしら）である。もちろん、伊与は幼い頃から知っている。井頭は昔からここの祝（はふり）である。人々は「栃原祝（とちはらのはふり）」と呼んでいた。

挨拶はあとにして伊与はまず拝礼を済ませた。フキメやセノオもそれに倣った。

それから伊与は玉砂利を踏んで神殿前にいる井頭の方へ歩いていった。

「伯父さま、久しぶりでございます」

「おう、伊与さんか、久しぶりだな。美しくなったんで見違えたよ」

伊与は井頭にセノオを紹介し、そして金峯山に登ってみたいというこのセノオを案内してきたことを話した。すると井頭はセノオの父の阿陀（あだ）の頭を知っているという。

社殿の客間に案内された三人は栃原祝の井頭から、あたたかい茸汁を馳走になる。祝は伊与がおてんばだった子供の頃の話をしてセノオを笑わせた。

セノオが栃原祝にたずねた。

「ここの神の名は何ともうされますか」

セノオは何も知らないのだった。ただこの金峯山の姿があまりに美しいので、一度登ってみたいと思い、それが憧れの伊与の案内で一緒に行けるという、願ってもないことが実現したのだ。

「この社の神は、丹生都比売（にうつひめ）さまと申されましてな、丹生の大明神さまじゃ。そして相殿で波比売（はひめ）神さまもお祀りしている。神社名は波比売神社というんじゃが、このハヒメというのは、いわゆる灰吹女（はひふきめ）のことで、同じ精錬の女神さまなんじゃよ」

「ハヒフキ？」

セノオは怪訝（けげん）そうに言葉を繰り返した。

「灰吹とは昔の精錬法でな。露天の炉で炭火を燃やし、竹の筒で懸命に息を吹いて火力を強め、製鉄をする古式の精錬法のことじゃ」

「吾（あれ）は丹生都比売さまは、水銀（みずかね）の神様だと思うとりました」

「まあ、同じことと思うてくだされ」

栃原祝は、詳しい説明はしなかった。セノオは立て続けに質問をした。

「下のお寺は金山寺で、この山は金峯山とワカヒメさまから聞きよりますが、黄金（こがね）がここで採れるので？」

セノオは敬語が上手（うま）く使えない。

「さあて。今はよく分からぬ、邑の者は金岳と呼んではいるがの」

「では祝さま。下のお寺は何をしてなさるのでございます？」

「去年、スメラミコトがお建てになったのじゃが。むろん、仏の道を教えている。近頃は小角がよく来て居る」

「葛木の役行者さまですか」

「そうじゃ、お前も時々来るといい。百済の坊さまが、ただで学問を教えてくれる。儂も時々顔を出すよってにな」

「ついでに祝さま、もう一つおしえてくだされ」セノオがまたたずねた。

「向こうに見える、あの変な建物は何なのでございますか」

セノオは外を指さしてたずねた。

「おう、あれは『占星台』というてなあ。星を観る櫓じゃ。あれもスメラミコトが建てられた。じゃが、あれは案内できぬぞ。ミコトが一緒じゃないとだめなのじゃ」

ひととおり質問してセノオは納得したようである。

栃原祝はそのほかにもいろいろな話をしてくれた。なんでも外つ国では、新羅が百済を滅ぼし、半島を統一したという。

吉野宮

飛鳥宮で、大海人は多忙を極めていた。政務は后の菟野をはじめ、草壁や大津、高市などにも分担させていたが、任せられるのは菟野だけであった。それ以外はほとんど自分で目を通し決定していた。大臣をほとんど置いていなかったからである。

大海人は律令の制度の策定を進めていた。詔して文武官の評定をし、進階の位を取り決めた。内外の朝貢の使いに引見し、物を賜い、饗応したりと休む間もなかった。

また大海人は天つ神による、各地豪族が斎祭る氏神の祭祀統制と併せて、仏教による民心の掌握をねらって、諸国に使いを出し経典を説かせていた。

しかし、いつも大海人の頭を離れないのは皇位継承の問題であった。

草壁皇子を皇太子にするつもりではあったが人望がなく、一つ年下の大津皇子のほうが器量が上のように思われた。また高市皇子も実力を備えており、年齢も草壁よりずっと上である。ほかにも皇子がいて、このままでは争いが起こるのではないかと、いつも心配の種であった。

一方、后の菟野も同様の心配をしていた。草壁は菟野讃良皇女の子で、大津は菟野の姉・

大田皇女の子である。

　菟野はぜひとも草壁の皇位継承を実現しなければならないと考えていた。

　天武八年（六七九）五月五日、大海人は菟野と伴に六人の皇子を連れて吉野へ旅立った。同道したのは草壁、大津、高市、河島、忍壁（おさかべ）、芝基（しき）の皇子たちである。

　草壁十八歳、大津十七歳、高市は二十六歳になっていた。

　文武官や衛兵が付き従い、その中には藤原不比等や柿本人麻呂の姿もあった。いつもの吉野への行幸と比べると格段に多い。皇子それぞれに従者がついているからである。浄御原宮（きよみはらのみや）を出発すると行列は「下つ道」へ出て南へ向かった。

　吉野への道は三通りある。一番東の道が芋峠越えの「上つ道」で、この道は修験者でも大変なけもの道といった具合で、大海人は近頃ほとんど通ったことがなかった。二つ目の「中つ道」は一番近道であったが、国境の芦原峠が特に険しいので多人数では難渋する。それで都人（みやこびと）になってからの大海人は、この二つの道は利用していない。

　この「上つ道」と「中つ道」の二道は、平坦な奈良の北部から飛鳥の都の南部まではかなり広く、整備もされていたが、吉野へ越える山道からが急に細く険しくなり、通常通る道ではなかった。

最も西の「下つ道」から吉野に至る道は、明日香川のほとりから市尾(いちお)、そして葛(くず)に出て、奉膳(ぶんぜ)を通り、今木の丘（車坂峠）を越えて吉野へ入る道である。この道は中つ道よりは距離があったが、よく整備してあり、道幅も広く勾配も緩い。


一行が巨勢(こせ)を経て今木に入ってくると、沿道には額田宿禰(ぬかたのすくね)をはじめ、伝え聞いた里の人々が見送りに出ている。その中には栗毛に乗り、白妙の衣に朱の裳(も)で正装をした、伊与の姿もあった。そこから伊与も行列に加わった。

今木の丘を越え、吉野川のほとりに出て、大淀の渡しまでくると、阿陀(あだ)の鵜飼頭父子が待っていた。大勢の舟人足をそろえている。井角乗(いのかくじょう)の息子、角範(かくはん)も来ていた。

ここで行列は二つに分かれた。前もって決めてあったからである。

まず、吉野宮へ行くのは大海人と正妃の菟野皇女、それに六人の皇子らとわずかの側近と付き人、それに衛兵だけであった。菟野以外の妃(ひ)(6)や都の文武官、皇子らの従者など残りの者は川を渡らずに、この北岸を東に行った六田(むだ)にある那珂宮(なかのみや)の方へ行くことになっていた。

吉野宮（離宮（とつみや））は、吉野川を南岸に渡った秋津の桃花（つき）の里の南にある。

先ず大海人と菟野皇女が角範の先導で阿陀の鵜飼・セノオの渡し舟に乗り込んだ。

次は草壁、大津ら六人の皇子たちがセノオ配下の舟に乗る。続いて女官や側近らが次々と別の舟に乗り込んでいく。舟人足たちは荷物を積み込んだり忙しく立ち働いている。

衛兵や小者、乗馬は川下の浅瀬を歩いて渡る。

大海人と菟野皇女、六人の皇子らが向こう岸に着くのを見届けてから、額田女王（ぬかたのひめみこ）らは那珂宮へ向けて出立した。


吉野宮に同行した柿本人麻呂は次の歌を詠んだ。

山川もよりて仕ふる神ながらたぎつ河内に船出せすかも　（『万葉集』巻一－三十九）

南岸の船着き場には丹生真人（にうのまひと）・井角乗と役小角（えんのおづぬ）が迎えに来ていた。

「天皇（すめらみこと）、お迎えに参じました」

「おう！　井角に小角か。苦労であった」

二人は揃って拝礼する。

「大后(おおきさき)さまもようお越しなされました」

菟野皇女も笑顔を見せた。

「これはこれは草壁皇子さま、大津皇子さまも、お疲れでございましょう」

次の舟で着いた六人の皇子一人ひとりにも二人は丁寧に挨拶をする。

吉野宮はこの吉野川南岸の秋つ川との川合いを少し南に下がったところにある。吉野三山が控えるこの吉野川以南の一帯は丹生一族の本貫地であり、大海人は最も信頼のおけるこの一族の地に離宮を築いていたのであった。

吉野宮はすぐ近くなので乗馬するまでもなく、大海人を先頭に談笑しながら歩き始めた。あとから着いた側近たちがあわてて追いついてくる。

吉野宮に着くと、

「では天皇、我々はここで失礼して、夕刻に出直して参ります」

井角と小角は、大海人と大后の菟野、皇子たちを無事吉野宮に送り届けると、護衛隊長として井角の嫡男の角範を残して帰っていった。

夕刻からは大海人主催の宴がある。夕刻といってもまだ明るい内の、申時から日没まで催される事になっており、井角と小角は共に呼ばれていたのだ。

大后の菟野皇女は、飛鳥の浄御原宮から連れてきた膳部の舎人(とねり)を呼びつけると、宴の料理を申しつけた。

その日の吉野宮の大広間は、正面上段に大海人天皇と大后の菟野が着座していた。向かって右の上席から草壁をはじめとする六人の皇子たちが座り、そして藤原不比等以下の文武官、柿本人麻呂などが続いている。

左側は吉野真人・井角乗こと井角が座り、次は葛木の役行者小角こと小角、続いて井角の弟で壬申の乱では大海人の軍団長をした男依(およより)、同じく井角の嫡男の角範と続く。

それに続くのは丹生一族の氏上(このかみ)たちである。

全員が席に着き、人々の話し声が静まったところで大海人は口を開いた。

「私の親しき吉野の者たちよ、参集ご苦労である。本日は久しぶりに息子どもを連れてきた。見知りおきの者もいるであろうが、上座から順に草壁、大津、高市、河嶋、忍壁、芝基と申す」

「よろしくお願い申します」

六人の皇子たちは声をそろえた。

「皆の者、今日、皇子達をつれてきたのは重大な発表をするためである。それは東宮のことだ。かねてより日嗣皇子（ひつぎのみこ）を誰にしようかと考えてきたが、ここにいる草壁を皇太子とすることにした」

大海人は、大広間に集まった全員を睨め付けるように見回しながら、一気にそう言った。大津皇子の方が人望はあるものの、大海人の決定に対して特に反論しようとするものがいるはずはなかった。

「皆に異存は無いな。飛鳥に戻ればすぐに詔（みことのり）をする。日嗣は草壁だ。そう心得よ」

「草壁皇子さま、おめでとうございます」

今度は列席の群臣達が声を揃えて御祝の言葉を述べ叩頭した。

大海人の横に着座している菟野皇女は、叩頭した面々が顔を上げるのを一人ひとり鋭い目で観察したが、特に不満の表情は認められなかった。

昨夜、飛鳥宮で菟野は大海人から正式に、皇太子は草壁に決めたと聞かされていた。大津の方が人望もあり、有能で才学に富み、大海人自身も大津を愛していたが、草壁の方が年長であり、正妃の菟野の子ということでそう決めたのであった。

菟野は念願の草壁の皇位継承がやっと約束されたと安心した。

大広間では大海人の言葉が続いていた。

菟野は聞くともなしに大海人の声を耳にしながら、昨夜、大海人が詠んでくれた歌を反すうしていた。


淑き人の良しとよく見てよしと言ひし芳野よく見よ良き人よく見

（『万葉集』巻一―二十七）


かの麗しき方が申されたように、吉野は良き要の地である。菟野よ、よく心得て治めるべし。と説いたものと思われる。

（淑き人とは、吉野にゆかりの息長帯足比売さまか、推古女帝さまであろうか）

菟野は考えを巡らせていた。

もともと菟野は積極的に政治に参画して、よく夫の大海人天皇を補佐し、共に律令政治体制の確立にも心血を注いでいたが、考えると思い当たることが多くあった。

吉野の長老達に大海人が会うときは、必ずと言っていいほど菟野を同席させた。そして吉野での政治をまのあたりに学ばせたのである。これは草壁にも伝えてよく教育しなければばならないと改めて思った。

大広間では大海人天皇のお言葉が終わり、酒宴が始まろうとしていた。

上段の大海人と菟野の前面の大きな食卓に料理が盛られた。

料理はアユやヤマメの焼き物、アマゴの煮付け、モミ、ヤマノイモと干しワラビの煮付け、ゼンマイ、茸汁などであった。

天武四年四月に天皇は殺生を戒め牛馬犬猿鶏の食用を禁じていたので、それまで食していたヤマドリ、シカ、イノシシの肉さえも差し控えたからである。

鳥獣肉こそ無かったが、これで十分ご馳走であった。特に「モミ」といわれているアカガエルの煮物や焼物は、特別美味で皆に喜ばれた。モミが供されない食事を、旨(うま)くないという意味で「モミない」といわれていた位である。

給仕役の舎人が、正面の大食卓の大皿より料理を壇上の天皇・皇后にささげるために進み出た。続いて両側から女官が、それぞれ祝杯に御神酒(おみき)をしずしずと注いだ。

天皇・皇后は杯を少し上にかかげ、そしてゆっくりと二人揃って飲み干した。

大海人天皇が草壁皇子に向かって言った。

「東宮よ、前へ出よ」

草壁皇子は上段正面へ進み出た。

「酒を取らす、杯をもて」

草壁は女官が手渡した杯を持った。その杯に大海人は、なみなみと神酒を注いだ。

「日嗣ぎの皇子はお前だ。精進せよ」

そう言うと大海人は奥の方に合図をした。すると朱の裳の女人がするりと出てきた。はっとするような艶やかさであった。

「あっワカヒメさまだ！」

誰からともなく声があがった。

「ワカヒメよ、一差し舞え」

前に進み出た伊与に大海人は言った。

伊与は朱の裳をなびかせ優雅に舞い始めた。

この神酒（みき）は　我が神酒ならず
酒の司（くしのかみ）　常世（とこよ）にいます
石立たす（いわたたす）少御神（すくなみのかみ）の

豊寿ぎ　ほき廻し
神寿ぎ　ほき狂ほし
まつり来し御酒そ　残さず飲せ　ささ

（『日本書紀』神功皇后摂政十三年春二月十七日の記事より）


伊与はその昔、神功皇后が歌ったという「酒楽の歌」を歌いながら舞う。

草壁はじっと父、大王を見つめながらゆっくりと杯を飲み干した。そして言った。

「天地の神々よ、私は天皇の言いつけに従い、この国のため精進することをお誓いします」

「それでよい。その言葉を忘れるな」

そして大海人は壇上から下りてきた。

「さぁ、酒だ、注いでやれ。皆も祝って飲め、大いに楽しもう」

采女達が一斉に出てきて、酒を注いでまわり、中央の大食卓から料理を取って給仕した。

吉野宮の宴は、とっぷりと日が暮れるまで続いていた。

白銀岳（しろかねだけ）

吉野宮での宴の翌日、五月六日早朝、六人の皇子は揃って大海人天皇（おおあまのすめらみこと）に拝礼した。

「今日、お前達と共に庭で誓って、千歳（ちとせ）の後まで争いを無くしたいと思う」と天皇は言った。

吉野宮に設えられた天照大神の神殿前で、文武官を従えた大海人天皇と菟野（うの）皇后は、六人の皇子たちに、互いに同母兄弟のように助け合い、争わないことを盟約させた。

その後、草壁皇子を残して他の皇子達はそれぞれの側近や付き人を引き連れ、吉野宮を後にして吉野川の北岸東方にある那珂宮（なかのみや）へ遷っていった。それぞれ部下を慰撫する宴をすることにしていたからだ。

一方、後に残った草壁は、父の大海人、母の菟野、吉野真人（よしののまひと）、井角乗（いのかくじょう）、鴨役公小角（かものえのきみおづぬ）、藤原不比等ら六人と、わずかな衛兵と共に銀峯山（ぎんぷさん）へ向かっていた。吉野・丹生族との秘儀式をするためであった。古来、政権を担う大王は吉野の主ともいうべき丹生族の協力が不可欠だったからである。吉野は大和朝廷の聖域であった。

その山は白銀岳とも言われ、黄金岳（こがねだけ）の金峯山（きんぷさん）、銅岳（どうだけ）の櫃ケ岳（ひつがだけ）と共に、金・銀・銅の吉野三山を形成していた。そこには神功皇后縁の、若桜宮ともいわれる小竹宮(しののみや)があり、丹生の元宮で丹生大明神が祀られている。

桃花里(つきのさと)から南のこの辺り一帯は丹生一族の本貫の地で、大海人にとっては青年期を過ごした最も思い出の深い土地でもあった。

歩きながら大海人は思い出していた。遠い昔、まだ若き額田女王(ぬかたのひめみこ)に初めて逢った頃の事である。

真金吹く丹生の真朱(まそお)の色に出て言わなくのみぞ吾が恋ふらくは

(『万葉集』巻十四－三五六〇)

恋をした大海人が、そのとき額田女王に贈った歌まではっきりと思い出した。

井角(いかく)や小角と山野を跋渉したのもこの里であった。もともとこの辺りの丹生の里一帯が、いにしえよりヨシヌ、ヨシノと呼ばれていたところである。また、天智天皇との確執から今の皇后・菟野と共に、追討の手を逃れて落ち延びてきたのもこの吉野の地であった。

み吉野の御金（みかね）の嶽（たけ）に間なくぞ　雨は降るとふ　時じくそ雪は降るとふ　その雨の間なきが如（ごと）　その雪の時じきが如（ごと）　間もおちず我はそ恋ふる　妹（いも）がただかに

（『万葉集』巻十三－三二九三）

この歌もその時、大海人が詠んだ歌である。「御金の嶽」とは吉野三山のひとつ、黄金岳のことであることは言うまでもない。

他に金峯山といわれている山があるが、これは、大海人の意を受けた役君小角が、祈り出した蔵王権現をまつる金峯山寺や、金峯神社にこの金峯の名を用い、この大峰一帯を金峯山と呼ばせるようにしたのである。これは大海人の政策であった。

今歩いているこの道は、その時と同じ道であった。大海人は歩きながらその時の辛く悔しい気持ちを思い出し涙がにじんだ。きっと菟野も同じ思いで歩いているに違いないと大海人は思った。

額に汗をにじませながら、それぞれの思いを胸に一行は吉野宮から秋つ野を経て、紀伊路を南へ向かって歩いていた。青々とした木々の間から、夏の日差しが時々差し込んでくる。上を見上げるともう陽はかなり高くなっていた。

このあたりは丹(に)の生産を生業(なりわい)とする丹生一族の本拠地であった。集落のところどころから煙が立ち上っている。製炭と精錬が行われているからだった。

時々行き交う里人は大海人の一行に道を譲り、道ばたで平伏する。里長からすでに聞いていると思われた。井角や小角はもともと里人にも顔なじみである。

樺の木峠の三叉路を右に上っていくと金山寺、波比売神社、占星台のある黄金岳山頂への道。まっすぐ行くと古田の里を経て宇智郡(うちのこほり)へ続くが、今日は左の道をとり尾根伝いに白銀岳へと向かう。

その尾根伝いの道は比較的緩やかであった。木々の間から見える西の方角には、眼下に古田の里、その向こうには宇智郡、遠方には葛木の山々が連なっていた。

尾根に沿った道を南へ向かって行くと前方にひときわ高く、二つの重なった山塊が見えてきた。手前が白銀岳、その向こうが銅岳である。しばらく行くと前方に広場が現れ、その左側に朱色の大きな鳥居があった。その鳥居の奥には、うっそうとした樹木に囲まれた参道が急斜面に沿ってうねりながら山頂に向かって続いている。

一行はそこで一息つくと、その鳥居をくぐり頂上に向かって上っていった。

あえぎながら山頂にたどり着くと、そこが若桜宮とも呼ばれていた銀峯山丹生、小竹宮だった。

そこは天に開けた広場となっていて、山頂に大きな樹木はほとんどなく、北の端が一段高くなっていて、そこに南向きに神殿があった。

手前の広場の左側に手水舎（てみずや）があった。石造りの手水鉢には桜の神紋が入っている。

衛兵をそこで待機させると六人は手を浄め口をすすいで、大海人を先頭に石段をあがっていった。するとあでやかな一人の女人が神殿の左手から現れた。

白妙の衣に朱の裳（も）を装った小竹宮のヒメミコ豊与（とよ）であった。


「天皇さま、お待ちいたしておりました」豊与はすきとおるような声で言った。

見ると奥の方には神官や巫女たちが姿勢を正して控えている。

「それでは案内致します」

豊与がいうと神官が二人進み出て、神前に向かって右に大海人天皇、左に菟野皇后、中に草壁皇子が並ぶように誘導すると、その前に豊与が神前に向かって額（ぬか）づいた。

すると四人の巫女が出てきて、左右からそれぞれ二人が豊与の横に寄り添って拝礼した。

全員が北向きに位置していることになる。

豊与は静かに手に持った鈴を鳴らし始めた。


リン、リン、リン！

リン、リン、リン、リン、リン！

鈴の音に合わせて白装束の巫女が立ち上がって舞い始めた。

豊与は北天に顔を向け、瞑目したまま胸元で静かに鈴を振り続ける。

リン、リン、リン、リン、リン！

リン、リン、リン！

リンリン、リンリン、リンリン、リンリン！


四人の巫女は舞い続けた。

やがて、豊与の振る鈴の音がだんだんと小さくなり、ほとんど聞こえなくなると、それを合図のように巫女たちは神前から離れて姿を隠した。

「丹生大明神・ハホノカミ、アマテルヒメノカミ、祓(はら)いたまえ浄めたまえ、そしてここに在(いま)す天皇と日嗣皇子(ひつぎのみこ)に力を与えたまえ、そして御代(みよ)の彌栄(いやさか)を成させたまえ」

凛とした豊与の声は山頂を抜けていった。

続いて大海人天皇が祈った。

「ニウノオオカミ、我が朝廷(みかど)と吉野丹生一族の、永久(とわ)の安寧(あんねい)を誓います。御世の平安のため力をお与えあれ」

続いて草壁皇子が祈った。

「天地の神々、私は次の天皇(すめらみこと)として、この御国(みくに)のため身命をささげることを誓います」

すると神前に額づいていた豊与がゆるりと立ち上がると、草壁皇子に向き直って、手に持った鈴を鳴らしながら下に下げ、今度はとなりの菟野皇后の方を向き、また鈴を鳴らしながら上に上げ、そして言った。

「大后(おおきさき)よ、オキナガノヒメミコがこう言われる、次の世は姫大王(ひめおおきみ)でなくてはならぬと。ヌカタノヒメミコも同じくそう言われる。菟野よ、大后よ、神の前に誓いませ」

低く力のある声に変わっていた。

オキナガノヒメミコとは神功皇后のことであり、ヌカタノヒメミコとは推古天皇のことであって、いずれも女帝である。

その二人が、次の世は女帝でなくてはならないと言っているというのであった。

菟野皇后はあわてて言った。

「ニウノオオカミさま、私も誓います。次の御代には我が子草壁をたて、天皇として恥じぬよう、私も精進し協力することを誓います」

「大后よ、そうではない。そうではないことが今に分かる。スメラミコトを見習い、また訪ね来よ」

豊与は鈴をもう一度鳴らした。そしてゆっくりと神前に向き直ると静かに額づいた。

「ニウノオオカミ、我等に力をお与えください」

全員が神前にこうべをたれた。

「誓いの宇気比(うけひ)はこれまでとします」

そう言う豊与は、もとの透き通った声に戻っていた。

「天皇さま、それではこちらでご休息くださいませ」

年輩の神官が案内に立つ。あとの五人はそれに続いて別室へ入った。

部屋にはいると、藤原不比等は井角乗に近づいて小声で聞いた。

「井角どの、先程のヒメミコさまの宇気比に申されたハホノカミとは、いかなる神でございますか」

「ハホノカミとは、我等が丹生一族の元宮、小竹宮の先祖神で、元のお名は灰吹男（はひふきのお）といわれた精錬の男神さまです。今は丹生大明神と申し、初代斎宮のヒメミコさまを丹生都比売（にうつひめ）として相殿（あいどの）でお祀りしています」

「それでは、アマテルヒメさまとはどのような神様でございましょうか」

「アマテルヒメさまは、ハホノカミとハヒメノカミさまの御子神さまです」

「ハヒメノカミさまとは、黄金岳波比売（はひめ）神社のご祭神でございますか」

「そのとおり、元のお名は灰吹女（はひふきめ）と申されます。そのお名の通り、お二人は露天タタラ炉の夫婦神です」

「その御子神さまが、アマテルヒメさまでございますか」

「そうです。それでハホノカミとハヒメノカミは夫婦神であり、白銀岳と黄金岳も夫婦岳となる」

藤原不比等と井角乗の話を聞いていた草壁皇子はそこで口をはさんだ。

「井角どの、今ひとつお訊ねしたい。それはアマテルヒメのことだが、飛鳥宮では天照大神（あまてらすおおかみ）をお祀りしている。また、伊勢神宮（いせのかみのみや）でも天照大神をお祀りしているが、神名がよく似ているので聞きますが同じ神なのですか」

そこで井角は返答に一息入れた。

「そのお答えは吾がいたしましょう」

井角の隣で、今度は鴨役公小角が言った。

「ハホノ・ハヒメの御子神さまは二人おられました、二人とも姫君です。姉がアマテルヒメさま、妹がシタテルヒメさまと申されて、妹姫は葛木鴨族に宗女として参られ、事代主神（ことしろぬし）にヒメミコとして仕えられたのでございます」

「姉姫さまはどうなされたのですか」

「姉姫のアマテルヒメさまは、丹生大明神さまにヒメミコとしてお仕えしていたが、後に天手力男（あめのたじからお）さまと夫婦になられたそうでございます。そしてその後のことはよく分からず、天照大神と同神なのか、それとも丹生都比売さまなのか、もう昔のこととて我々には、全く分からなくなってしまったのでございます」

「井角どのにも分かりませんか」

草壁皇子はさらに訊ねた。

「はい、東宮さま。実は私も知らないのです。今、小角どのが申したこと以外は誰にも分かりません」

藤原不比等も草壁皇子も、それ以上は聞けず、黙ってしまった。

その日の内に、大海人天皇一行は、飛鳥宮へ帰った。

大海人は帰朝すると、文武官を呼びつけ、広瀬大忌神と竜田風神へ、幣帛（へいはく）を奉るよう指示を下した。

櫃ケ岳（ひつがだけ）

一年あまりが過ぎた初秋のある日、伊与（いよ）は姉の豊与（とよ）と、阿陀（あだ）のセノオと三人で、櫃ケ岳の頂上を目指して坂道を登っていた。好天の清々しい朝であった。

いつも必ず一緒についてくるフキメはいない。今木（いまき）の里から大淀の渡しまでは、いつも通りフキメと二人だったが、そこからはセノオが付き添ってくれた。丹生川上神社のある長谷まで来て、丹生川上祝（はふり）にフキメとそれぞれの乗馬を預けたからである。櫃ケ岳への登り口は、神社前に流れている丹生川の対岸にあったが、ここから先は登りが急でとても馬では行けない。徒歩で行くしかないのだが、フキメと一緒では道中が思いやられるので、どうしても行くというフキメを説得して神社に残してきたのだった。

銅岳（どうだけ）ともいわれているこの櫃ケ岳には伊与らの祖父、井依（いより）が住んでいた。井依は頂上近くに庵（いほり）をむすび、隠棲していたが、いまだに丹生一族の長老として、吉野の主ともいうべき隠然たる影響力を持っていた。

「ワカヒメさま」と里人（さとびと）から呼ばれている伊与は、今木の丘に建てられている鳥居について疑問を持っていた。それは丹生川上神社の鳥居だと父の井角乗（いのかくじょう）からも聞いていたが、どうしてもそうだとは思えない。伊与には鳥居の向こうに見える吉野三山の鳥居としか見えなかった。姉の豊与に聞いてもよく分らないと言うので、それでは一族の長老に聞こうと姉妹二人で櫃ケ岳の井依の庵に向かっていた。父の井角乗が連絡を取ったので、待ってくれているはずだった。

セノオを先頭に坂道を登っていくと、初秋とはいえ背中を汗が伝ってくる。さすがにセノオは体を鍛えているので足が速い。先にたってどんどん進む。姉妹二人は汗を拭き拭き登っていった。中程まで登ったところに見晴らしのいい開けた場所が見えた。

「ヒメミコさま、ワカヒメさま、その先で少し休みましょうか」

セノオは二人を気遣って言った。

豊与は小竹宮（しののみや）の祝長（はふりおさ）だが、里の人々からはヒメミコさまと呼ばれていたのだ。

「姉さま、セノオの言うとおりにしましょう」

伊与にそう言われて、姉の豊与はうなずくと、かたわらの石に腰をかけた。

三人でしばらく休んでいると、

「ワン、ワン……ワン、ワン」

上の方から、犬の鳴き声がした。

「ワン、ワン、ワン、ワン、ワン、ワンッ」

犬の声がだんだん大きくなって、二匹の大きな犬が三人の前に飛び出してきた。

セノオはびっくりして、飛び退いた。

「シロッ、クロッ」姉妹は同時に叫んだ。

座り込んだ二人の顔を、白と黒の二匹の犬は交互に舐めまわした。そして千切れるほど尻尾をふりまわしている。

「やっぱりシロとクロ。おぼえていてくれたの」

二匹は祖父の井依翁が飼っている犬だった。二人はそれぞれの犬の首っ玉に抱きついた。

「セノオ、怖がらなくてもいいよ」

伊与が言うとセノオは、こわごわシロとクロの頭をなでた。二匹は少し尻尾を振っている。

今度は二匹の犬の先導で、三人は山上に向かって歩き始めた。もう頂上が近いというところまで来ると犬がほえた。

見ると迎えに出た祖父の井依翁が、こちらへ向かって歩いてくる。

「お祖父様（じいさま）！」

豊与と伊与が同時に声を上げた。

井依は両手を広げて孫娘を迎えた。そして後ろに控えていたセノオを見る。

「大淀渡しのセノオでございます」

セノオはかしこまって頭を下げた。

「お祖父様、セノオは阿陀の若頭です。お願いしてここまで送ってもらったのです」

伊与はあわてて言った。

「そうか、それはご苦労であった」

井依翁は礼を言った。

庵の前まで来ると若者が二人いた。井光の若い修行者である。顔見知りの姉妹を迎えて
二人は顔を赤らめて頭を下げた。

「セノオとやら、お前も一緒に中へお入り」

「いえ、私は外で犬と遊んでいます」

セノオは二匹の犬に手招きをして呼び寄せると一緒に走っていった。

「シロ、クロと友達になれるみたいね」

庵の前はちょっとした広場になっている。三人は庵へ入っていった。

中にはいると手前が土間になっている。履物を脱いで板の間にあがると中央に囲炉裏が
切ってあり、三人はそこへ腰を下ろした。

若者が椀に入れた飲物を持ってきて三人の前に置く。

「さぁお飲み、美味しいぞ」と井依翁が言う。

姉妹は飲物を口にしたが、薬草の香りがして美味しいとは思えなかった。

祖父の井依は美味しそうに飲んでいる。

一息つくと、井依は言った。

「今日は、何用じゃな、二人揃って来てくれたのは」

祖父の井依翁はにこやかな笑顔で言った。

「私はただ会いたいと思っただけです」姉の豊与は言う。

「私はお祖父様に聞きたい事があります」妹の伊与は姉に続いて言った。

「丁度よかった。実は儂（わし）もお前達二人に、ぜひ話しておきたいと思っていた事がある。

これは丹生大神のお導きだと思う」

井依翁は顔を引き締めた。

「聞きたい事があると言ったな。伊与、聞きたいこととは何だ」井依翁は続けて言った。

「はい、前から聞きたいと思っていたのですが、丹生川上神社の今木にある一の鳥居のことですが、あれは本当に丹生川上神社の鳥居なのですか」

毎日のように今木の丘まで行って鳥居から景色を眺めては、疑問に思っていた。

「伊与よ、あれは間違いなしに丹生川上の鳥居じゃ。大王（おおきみ）いや、スメラミコトが建ててくだされたものじゃが、もちろん儂等にも相談はしてくれた。丘の上の道に沿って建てたら、吉野三山を遙拝するような形になってしまった」

「私にはどうしても、お姉さまの居る若桜・小竹宮の鳥居としか思えないのです」

「若桜・小竹宮は我等が丹生一族の元宮じゃ。丹生大明神、ハホノカミをお祀りしている。鳥居の向こうには銀岳が見えるからの。そう思っても間違いではない」

井依翁はこともなげに言う。

「お祖父様、まだ質問があります。巨勢（こせ）にある大穴持（おおなもち）神社のことですが、あの神社には神殿がありません。そして拝殿の向こうには金岳、銀岳に、この銅岳が見えるのです。どうして大穴持神をお祀りしている神社の拝殿から吉野三山が見えるのですか」

「おお、そのことか。唐笠山の巨勢の氏神・大穴持神はの、銀岳と大いに関わりがある。あの神社は大穴持神のほか、葛木の事代主神とシタテルヒメさまをお祀りしているが、その姫は我等が大明神の初代ヒメミコ、アマテルヒメさまの御妹神じゃ。それに大穴持神は吉野・熊野の先住の民イツモ族の祖神での、我が一族と初めて出会ったのが銀岳であった。そして我々は彼等の娘を娶り同化していった」

「それでは彼等と私たち丹生一族は同族なのですか」

ここで今まで黙って聞いていた豊与が訊ねた。

「今はもう同族と言ってよい。実は我が一族の先祖神ハホノ神の妻・ハヒメノ神は、イツモ族の族長の娘であられた」

「その御子神（みこがみ）がアマテルヒメさまとシタテルヒメさまなのですね。そしてシタテルヒメさまは事代主神のヒメミコになられた」

豊与の言葉に翁は頷いた。続いて今度は伊与が質問した。

「アマテルヒメさまはどうなされたのですか」

伊与は一番大事なことを聞いた。

「お前達二人にはいつかは話さねばならんと思っていた。今日は全部話そう」

井依翁は大きく深呼吸をした。

豊与と伊与はここで先程のお椀を手にしてもう一度飲んでみた。伊与は今度は少し美味しいと思った。井依翁は口を開いた。

「これは丹生一族と初代天皇家の秘密じゃ。決して他言はならぬ。我が一族でも儂とおまえ達の父、角乗以外は誰も知らぬ」

井依翁は静かに語り始めた。

「アマテルヒメさまは伊勢大神の斎宮、つまりヒメミコとなられ、その後は天照大神（あまてらすおおかみ）として天手力男神（あめのたぢからおのかみ）と相殿でお祀りされている」

「丹生の比売皇女（ひめみこ）アマテルヒメさまは、天照大神となられたのですね」

「それだけではない。アマテルヒメさまは名を替えられて、丹生都比売神（にうつひめ）として我ら丹生一族の各地の社でもお祀りされている」

「つまり、丹生の比売皇女アマテルヒメさまは天照大神であり、丹生都比売神でもあるということなのですね」

「その通りじゃ。もう随分昔のこととて、今の天皇もご存知あるまい」

豊与と伊与は今までの疑問がいっぺんに解けたような気がした。

井依翁は話を続けた。

「爾来（じらい）、我々丹生一族はいつの時代でもこの国のため、最もふさわしい盟主を立て、その政権を陰で支えてきた。このことは一族の役目としてこれから先も続けねばならぬ」

豊与と伊与はうなずきながら黙って聞いていた。

「豊与よ聞け、お前は儂の跡を継ぎ、丹生一族の長にならねばならぬ。丹生のヒメミコにな……そして伊与、お前は子を産み、その子を豊与の次のヒメミコとして育てねばならぬ。きっと女の子がお前に授かるであろう。その娘を若桜・小竹宮の祝にして、我が一族の次の長にするのじゃ。もともと我が一族の長は女が継承するのが習わしじゃ。丹生のヒメミコはそうでなければならぬ」

井依翁は二人の孫娘に説いて聞かせた。二人は神妙な面もちで静かに耳を傾けている。すると井依翁はさらに重大な秘密を語り始めた。

その話は二人が驚愕する内容だった。

それは一族の出自の秘密でもあり、ヤマトの建国についての話でもあった。

「豊与、伊与、よく聞くがいい。この話はおまえ達の父、角乗も知らぬ一族の長となる筋の者のみに伝える口伝じゃ……」

井依翁の話によると、先史時代この国に初めて辿り着いた先祖は、西の遠い国からやって来た。砂漠を越え、東へ東へ大陸を長い時をかけて、苦難の旅を続け、海に出ると、小舟に乗って黒潮に身を任せてやっと南紀に上陸した。その時、最も大事な宝物として、唐櫃を携えていた。先祖一行の者はそれを大切に担いで南紀から熊野の川を遡り、この銅岳にのぼると石室を作って埋めたという。先祖はそれを聖櫃として崇めた。それには神との契約のしるしが入っていた。それでこの山を櫃ケ岳というようになったというのである。

豊与が口を挟んで聞いた。

「お祖父様、その聖櫃が、何処に埋められているのか、ご存知なのですか」

「それぱかりは儂でも知らぬ。いや、今は知らぬと言っておく。いずれはお前たち二人のうちのどちらかには伝えよう。だが豊与に伊与。聖櫃を何処に隠しているか、仮にお前たちが今それを知って、手にしてみたところで何も解らないだろう。もう少し先で真に必要な時代になれば、我らが一族の裔(すえ)の誰かが聖櫃の秘密を解読するであろうと思う。それまではこの秘密を決して漏らしてはならぬ。しかしまた、一族の長となる者には必ず口伝で代々このことは伝えねばならぬ」

姉妹は大きく肯いた。井依翁はさらに話を続けた。

「二人とも見よ！」

井依翁は立ち上がると庵の北面の引き戸を大きく開けた。その向こうには手前に銀岳、その向こうに金岳が重なって見え、その上には北の蒼天が広がっていた。

「我が一族の先祖は、日輪を崇めてきた。夜は天空の北辰(ほくしん)(7)を尊崇した。その信仰のなごりが日神の天照大神じゃ。この吉野三山は南北に連なっている。北の方から順番に金・銀・銅となる。儂は毎夜この一番南の銅岳から、天球の真北に輝く北辰に祈りを捧げてきた。民の安寧とこの国の彌栄(いやさか)を祈ってな」

井依翁はここで一息入れて、椀の薬湯をすすった。そして話を続けた。

「我が一族にとって一番大事な山は銅岳じゃ、その次は元宮のある銀岳、そして金岳の順じゃが、人々はその逆と思うであろう。実はそう思わせているのじゃ。役小角（えんのおづぬ）に力を借りて蔵王権現を祈りだし、大峰に安置して金峯山寺（きんぷせんじ）とし、また神社も建立して金峯神社と呼び、できるだけ吉野三山から人々の目をそらせたいと考えた。今では金峯山とは、大峰の山々のことだと人は思うであろう。それでいい。それで人々に忘れられていけばよいのじゃ。我等丹生一族だけでひっそりと守っていこう」

「お祖父様、私は秘密を守り、丹生のヒメミコとしてその使命をはたします」

豊与は井依翁の目を見つめて、はっきりと言った。

「お祖父様、伊与も必ず秘密を守り、女子を生み、姉さまの次のヒメミコとして育てることを誓います」姉に続いてはっきり言った。

外ではシロとクロの鳴き声がしている。セノオに遊んでもらっているらしい。

井依と二人の孫娘は庵を出た。外の広場ではシロとクロが入れ替わり立ち替わり、セノオに飛びついてじゃれあっている。

「もう、仲間に入れてもらったみたい」

伊与はほほえんで言った。

「なかなかいい若者じゃ。シロ、クロがすぐになつくのはめずらしい」

井依翁と豊与、伊与の三人はセノオのいる方へ歩いていった。それに気づいたシロとクロの二頭の犬は、猛烈な勢いでこちらへ向かって駆け寄ってくる。二頭は尻尾を千切れるほど振りながら三人の周りを駆け回る。セノオはあとから駆け足でこちらへやってきた。

四人と二頭の犬は、山頂北側の木立の切れた見晴らしへ歩いていった。

見渡すと、すぐ手前に銀岳、続いて金岳が連なり、眼下に一族の村々、その向こうには吉野川が蛇行して光って見えた。

豊与と伊与は北方の蒼天に、この国と一族の平安を願って祈りを捧げ、それぞれが遠き未来に思いを馳せた。

遠くに葛木の山々が靄(もや)に霞(かす)んで見えていた。

【註】

（1）本拠地。一族が拠点としている土地。

（2）天皇号は天武朝以降に使われたようである。「天武」は死後に贈り名された漢風諡号なので、生前はオオアマノミコ、オオアマノオオキミと呼ばれていたと思われる。

（3）「天文遁甲（てんもんとんこう）を能（よ）くし」とは、『日本書紀』天智天皇即位元年の記事に見える。

（4）皇太子。古（いにしえ）より宮殿の東にあった宮所に次期政権を担う皇子が居住する習わしがあった。

（5）文字通り「みてぐら」お金（かね）と「ぬさ」布である。神への献上品。

（6）妃は皇后に次ぐ地位。第二夫人。それに対し后（きさき）は天皇の正妻、皇后、第一夫人、大后（オホキサキ）ともいう。

（7）北辰（ほくしん）とは北極星のこと。古代中国では天帝として崇（あが）めていた。北方を示す不動の星として世界中で尊崇されたようである。日本では北辰菩薩ともいう。

あとがき

「歌は預言」と師の山内光雲（故人）は言いました。

また預言は必ず韻律を伴って顕れるともいうのです。

詩人の谷川俊太郎氏が平成十四年十月に来阪したとき、作家志望の大阪文学学校の仲間と共に、学校近くの「すかんぽ」という居酒屋で飲んだ事がありました。

私は、昭和四十三年河出書房刊『谷川俊太郎詩集　二十億光年の孤独』から氏のファンで、何度も読んでぼろぼろになってしまったその一冊を持って居酒屋に行きました。

そしてその本に直筆サインをお願いしたのです。

その折に、「どのような時に詩が生まれるのですか？」と聞きました。

丁寧にサインをしてくださった後、谷川氏は作詩について、

「原稿用紙を前にして、出てくるまで何時間でも待つのですよ」と話されました。

「待てば必ず出てきます」とも言われたのが印象に残っています。

私の場合の小説は、自分が見た夢が原風景でそこから作文し、物語を膨らませていきます。

あとがき

作詩や作曲、或いは書や絵画なども霊的なものの力を借りずには創造は出来ないと私は思います。霊的なものがその発露を求めて具現化したのが作品だと思うからです。芸術作品はすべてそうしたものだと私は考えています。

「夢」は、もちろん自分の霊性が脳を介して映像として見せたものでしょう。

「すかんぽ」は、詩人の作井満氏と時々飲みに行ったことがある酒場です。

作井氏は大阪文学学校で講師をしていたこともある方で、「海風社」という出版社を興した人でもあります。創業以来「南島叢書」と題した文芸書を刊行し続け(現在九七巻)、他にも多くの出版物を世に送り出しましたが、残念ながら平成十五年に死去。遺業は夫人の作井文子氏が継承しています。

今回の私の小著も、前著『もう一つの空海伝』に引き続いて「海風社」のお世話になりました。前回同様、現社長作井文子氏の貴重な助言とご協力で出版の運びとなりました。ここに記して感謝いたします。

平成三〇年三月一日

丸谷いはほ

参考文献

『古事記』全訳注・次田真幸／講談社学術文庫
『古事記』校注・西宮一民／新潮日本古典集成
『日本書紀』現代語訳・宇治谷孟／講談社学術文庫
『日本書紀』校注・訳　小島憲之ほか／日本古典文学全集／小学館
『奈良県吉野郡史料』吉野郡役所／大正十二年刊
『新撰姓氏録の研究』佐伯有清／吉川弘文館
『日本姓氏大辞典』丹羽基二著／角川書店
『丹生の研究』松田壽男／早稲田大学出版部
『吉野その歴史と伝承』宮坂敏和／名著出版
『天河への招待』大山源吾著／駸々堂出版
『古代の鉄と神々』真弓常忠／学生社
『世界大百科事典』平凡社／昭和四十七年刊
『大和物語　アマテラスのメッセージ』山内光雲著／たま出版
「古代の吉野について」丸谷巖／論文二〇〇九年
ＨＰ／吉野へようこそ ｗｅｂ 小説「真朱の姫神」黎明編／二〇〇九年初出

【著者略歴】

丸谷（まるや）いはほ（Maruya　Ihaho）

1945 年 5 月、奈良県吉野郡（現 五條市西吉野町）生まれ
会社勤務の傍ら仏教や神道を独学
2005 年 4 月、佛教大学文学部入学（通信課程）
2009 年 3 月、佛教大学卒業（文学士）
2010 年 1 月、彌栄工房主宰、現在に至る
著書『もう一つの空海伝』海風社 2016 年
やさか工房　http://www.yasaka.org/yasaka_001.htm
吉野へようこそ　www.yasaka.org

もう一つの聖櫃伝
―丹生の姫物語―

二〇一八年六月二十日　初版発行

著　者　丸谷いはほ
発行者　作井文子
発行所　株式会社 海風社
〒550-0011　大阪市西区阿波座一―九―九
阿波座パークビル701
TEL　〇六―六五四一―一八〇七
振　替　〇〇九一〇―二―三〇〇〇六
印刷・製本　モリモト印刷 株式会社

ISBN 978-4-87616-052-5　C0093
装　幀　ツ・デイ

思想

愚者の精神史きれぎれ
農本主義から柳田国男、宮沢賢治、そして鬼

綱澤 満昭 著

978-4-87616-014-3 C0039

かつて「柳田学批判」への転向を恐れることなくやってのけた著者綱澤満昭が自らの「日本の近代思想史研究」の道のりを振り返るとき、自在に語られる農本主義から柳田国男、宮沢賢治、そして鬼論。必然のつながりが鮮やかに浮かび上がる。

B6判／一九六頁 定価（本体一九〇〇＋税）円

思想

思想としての道徳・修養

綱澤 満昭 著

978-4-87616-022-8 C0037

道徳なき時代といわれる現代。本書は「道徳・修養」を懐古的に礼賛するものではなく、位置した時代によって変質した道徳・修養というものの本質を衝く。道徳の教科化がいわれているいま、ぜひ読んでほしい書。

B6判／二六四頁 定価（本体一九〇〇＋税）円

思想

宮沢賢治の声
～啜り泣きと狂気

綱澤 満昭 著

978-4-87616-033-4 C0036

父との確執、貧農への献身と性の拒絶……。その宮沢賢治の短い生涯をたどりながら、彼の童話の原点を近代日本が失った思想として読み解く。賢治よ、現代人を、縄文に回帰させせよ。

B6判／二一六頁 定価（本体一九〇〇＋税）円

民俗

唄者 武下和平のシマ唄語り

南島叢書 96

著者 武下 和平／聞き手 清 眞人

978-4-87616-029-7 C0339

元ちとせ、中孝介らのルーツをたどればこの人に行き着くという、奄美民謡（シマ唄）の第一人者 武下和平による初のシマ唄解説書。話題は奄美の歴史・文化・風習にも及ぶ。録り下ろしCD（61分）付き！

A5判／二〇八頁 定価（本体二〇〇〇＋税）円

料理

総カラー

こころとからだ

奄美 再生のレシピ

南島叢書 97

田町 まさよ 著

978-4-87616-036-5 C0377

重度のアトピーを八年かけて奄美の自然と食、人に助けられて自然に癒し、心身共に再生した著者自身の経験をもとに、奄美の豊かな自然と人、料理と食べ物について綴ったエッセイと料理レシピ。島の野菜や果物を使った一皿、伝統食、野草の酵素ジュース…など、約一〇〇品を掲載。

A5判／一〇四頁 定価（本体一四〇〇＋税）円